大富豪の冷たい寝室

ジェニファー・ヘイワード 作

片山真紀 訳

ハーレクイン・ロマンス

東京・ロンドン・トロント・パリ・ニューヨーク・アムステルダム
ハンブルク・ストックホルム・ミラノ・シドニー・マドリッド・ワルシャワ
ブダペスト・リオデジャネイロ・ルクセンブルク・フリブール・ムンバイ

A DEBT PAID IN THE MARRIAGE BED

by Jennifer Hayward

Published by Harlequin Japan, a Division of K.K. HarperCollins Japan, 2017

ジェニファー・ヘイワード

悩めるティーンエイジャーだったころ、姉のハーレクインをくすねて読んだのが、ロマンス小説との出会いだった。19 歳のとき、初めて書いた小説を投稿するも、あっけなく不採用に。そのとき母に言われた「あなたにはもっと人生経験が必要ね」という言葉に従い、広報の職に就いた。名だたる企業の CEO と共に世界中を旅して回った経験が、確かに今の仕事に役立っているという。2012 年、ハーレクインの新人作家コンテストで入賞し、ついにデビューを飾った。カナダ、トロント在住。

主要登場人物

アンジェリーナ・カーマイケル……宝飾デザイナー。愛称アンジー。
アリステア・カーマイケル……アンジェリーナの父親。
デラ・カーマイケル……アンジェリーナの母親。
アビゲイル……アンジェリーナの妹。愛称アビー。
バイロン・デイヴィッドソン……アンジェリーナの婚約者。
ロレンツォ・リッチ……アンジェリーナの夫。会社社長。
サルヴァトーレ・リッチ……ロレンツォの父親。
オクタヴィア・リッチ……ロレンツォの母親。
フランコ・リッチ……ロレンツォの弟。
クリストファー……ロレンツォの顧問弁護士。
ジリアン……ロレンツォの秘書。

1

「社長」

ロレンツォ・リッチは呼びかけを無視し、歩調を速めた。頭の禿《は》げあがった小太りの中年弁護士が廊下を追ってくるのが目に入ったが、気づかないふりを決めこんだ。再びアメリカの国土を踏んでからまだ一時間とたっていない。おそらくは現在交渉中の買収計画に関することだろうが、細かな契約内容など、今は勘弁してほしい。ただでさえつらい頭痛が、よけいにひどくなるだけだ。

好きなウイスキーでも軽く一杯やり、熱いシャワーを浴びてから、エジプト綿のシーツに顔をうずめて一晩ぐっすり眠ったら、頭の痛い問題にも取り組む準備ができる。明日だってぜんぜん遅くないのだ。

「社長！」

まいったな《ディオ》。ロレンツォは足を止め、振り向いた。弁護士は短い脚で必死に追いつこうとしている。この男の外見は、会議室で見せる闘犬のような勇猛果敢さとは実に対照的だ。

「十六時間も飛行機に乗ってきたんだぞ、クリストファー。疲れているんだ。気分もよくないし、とにかく眠い。明日まで待ったほうがお互いのためだ」

「そうはいかないんです」顧問弁護士のせっぱつまった口調を聞き、ロレンツォはいきおい注意を引かれた。これまで五年間、むずかしい取り引きや敵対的な買収協議をともに乗り切ってきた中で、この弁護士がこんなに動揺しているところは一度も見たことがない。

「五分でいいから時間をください」

ロレンツォは長いため息をついた。脳は全面的に睡眠を要求しているというのに、法的文書の細かな文言を相手に悩まなければならないと思うと、それだけで胃が痛くなる。しかたなく、オフィスのほうを手で示した。

「いいだろう。五分だけだぞ」そう言うと、クリストファーがあとについて、黒とクロムで統一されたモダンな内装の重役フロアに入ってきた。ロレンツォのきわめて優秀な秘書ジリアンが、〝お止めしたんですけど〟と言いたげな申し訳なさそうな顔でこちらを見た。ロレンツォは彼女を追い払うように手を振った。「もう帰っていい。話は明日の朝だ」

ロレンツォはクリストファーを従え、社長室に入った。ブリーフケースをデスクの脇に置き、上着を脱ぐ間、弁護士はデスクの前をうろうろしていた。悪い予感に背筋がぞくりとした。クリストファーはこれまで一度たりとも、こんなに落ち着かないようすを見せたことはない。

ロレンツォは全面ガラスの窓に歩み寄った。インディゴブルーに包まれた夕暮れのマンハッタンの壮麗な景色が広がっている。毎日この風景を眺められるのは、リッチ社の社長が持つ特権の一つだ。この会社はイタリアに本拠地を置く巨大複合企業《コングロマリット》で、一族が営んできた歴史ある海運会社を自分の代でさらに拡張したものだ。今ではホテルチェーンやクルーズ会社に加え、不動産部門まで備えている。しかし、いつもは大好きな眺めも今夜に限ってほとんど目に入らなかった。

ロレンツォは振り向き、ガラスにもたれて腕組みをした。「さあ、話してくれ」

顧問弁護士が金縁の眼鏡の奥でまばたきをし、舌先で唇を湿らせてから咳《せき》払いをした。

「それが……困ったことに……ちょっとした手違いがありまして、修正の必要が……」

ロレンツォは眉根を寄せた。「買収交渉でか?」

「いいえ、個人的なことです」

ロレンツォはいらだちに目を細めた。「クイズをする気分じゃないんだ、クリス。さっさと言ってくれ」

顧問弁護士がごくりと喉を鳴らした。「社長の離婚申請を担当した法律事務所が、手続き上のミスをしたんです。いえ、したのではなく、しなかったのがミスなんですが……」

「何をしなかったんだ?」

「提出し忘れたようで」

ぶーんという耳鳴りがした。「離婚したのは二年も前だぞ」

「ええ、それについては……」クリストファーがまた喉を鳴らした。「実際には離婚されていなかったということで……その、少なくとも法的な意味では。申請書が州に提出されていなかったわけですから」

耳鳴りがさらに大きくなった。「どういうことだ？」ロレンツォはものものしい口調でわざとゆっくり尋ねた。「もっとわかりやすく言ってくれないか？」

「社長は今もアンジェリーナと結婚なさっているということです」クリストファーは覚悟を決めたようにいっきにまくしたてると、落ちてきた眼鏡を指先でずりあげた。「社長の離婚を担当した弁護士はその月、山ほどの案件を抱えていまして、事務員に申請書を提出するよう命じたと思いこんでいたのが、そうではなかったと。最近、社長がおっしゃっていた細かな同意事項について念のため確認してみたところ、それが発覚しまして……」

そう、自分が毎月支払っている離婚手当にアンジーがいっさい手をつけていないようなので、それについてクリストファーに調べるよう指示したのだ。

「彼女は今週、婚約を発表したじゃないか。別の男との」

顧問弁護士が額にてのひらを当てた。「はい……私も記事を拝見しました。だから社長をしつこく追い回したんです。かなり微妙な状況なもので……」

「微妙？」ロレンツォは弾丸のような勢いでその言葉をクリストファーに投げつけた。「その法律事務所に一時間当たりいくら払っている？　数百ドルか？　数千ドルか？　それは絶対にミスを犯さないための額じゃないのか？」

「まさに容認できないミスです」クリストファーが静かに応じた。「しかし、現実に起きてしまったわけで……」そこまで言って首をすくめた。容赦なく罵声を浴びせられるのを覚悟したのだろう。

だが、ロレンツォには言葉を発する気力すら残っていなかった。あの不面目な結末を迎えたはかなくも屈辱的な結婚が法的には終わっていなかったという事実は、ただでさえ耐えがたいものだが、今日、父からもう一つの衝撃的なニュースを知らされたあととあって、その破壊力は計り知れなかった。

頭の中で十まで数え、自分をのみこもうとする怒りの炎をなんとか抑えつけた。よりによって、人生最大の買収計画がもう少しでまとまろうというこの時期に……。

「どうしたら解決できるんだ？」ロレンツォは冷ややかに尋ねた。

クリストファーが両手を広げた。「さっと解決できるような魔法のやり方などありません。唯一可能なのは、同じ手続きをもう一度繰り返すことだけです。そうなると、社長は当然……」

「アンジーに恋人と結婚することはできないと言わなければならないわけだな。さもないと重婚罪になると？」

顧問弁護士がてのひらで額をさすった。

「はあ」

なかなかおもしろい展開じゃないか。アンジーは明日の晩、ニューヨークの人口の半分を招いて婚約披露パーティを開こうとしている。

ロレンツォはもう一度、ふだんなら見とれるほどの絶景に目を戻した。こめかみの血管がどくどく鳴っている。アンジーがほかの男と結婚するという事実をどうしても信じられない自分にショックを覚えていた。かつてはもう二度と顔を合わせたくないとさえ思ったものだが……。おそらく、今でもほかの女性をベッドに誘おうかと思案するたびに、銀幕の名女優ローレン・バコールを思わせる妖艶なアンジーの姿が脳裏に浮かんでしまうからだろう。あるいは、彼女に対する厄介な感情などすべて捨て去ったと思いこもうとするたびに、そうでない証拠を突きつけられ、みじめな気持ちになるからかもしれない。

今日、ミラノを発《た》つ前に、父と交わした会話が頭に浮かんだ。今にして思えば、このタイミングはまるで趣味の悪いジョークのようだ。リッチ社の会長は感情を表さないアイスブルーの瞳でまっすぐに息子を見据え、爆弾を投下した。〝おまえの弟のフランコは跡取りを作ることができないそうだ。つまり、その務めはおまえの双肩にかかっているということだぞ、ロレンツォ。しかも時間的な猶予はない〟

フランコとは前の晩に夕食をともにしたのに、なぜそんな大事な話に一言も触れなかったんだ？　頭をよぎった疑問も、父の衝撃的な命令の前に、すぐさま消え去った。もう一度結婚しろだと？　絶対にごめんだ。なのに、現状を見れば、僕はどうやらまだ既婚者らしい。なんたる皮肉。しかも相手は、あなたには人を愛することはできないと言い捨てて僕のもとを去っていった女性――僕の中にわずかに残っていた人間性のひとかけらを奪い取った女性だとは。

「社長？」

ロレンツォは我に返り、振り向いた。「ほかにも落とすべき爆弾があるのか？　それとも、今日のところはこれで全部か？」

「これだけです。買収協議のほうは問題ありません。まだ細かな詰めも必要ですし、残り二、三、少々面倒な問題を社長とミスター・

バヴァロで直接話し合っていただくことになりますが、大筋では順調に進んでいます」

「そうか」ロレンツォは手を振ってドアを示した。「帰《ベーネ》っていいぞ。アンジーには僕が話をする」

顧問弁護士がうなずいた。「離婚申請書の提出に向けて、早急に手続きを進めます」

「その必要はない」

クリストファーがぽかんとした顔を向けた。

「はい？」

「その必要はないと言っているんだ」

弁護士は素直に帰っていった。賢明な判断だ。ロレンツォは社長室内にしつらえたバーに歩み寄り、ウイスキーをグラスについだ。

力ない足取りで再び窓辺に近づくと、グラスを口元に持っていき、一口飲んだ。アルコールが体を内側から温めはじめたところで、ようやく神経がほぐれ、人心地がついた。秘書が毎日用意する新聞各紙の切り抜きの中に元妻が、いや、現妻がマンハッタンの有名弁護士と婚約したという記事を見つけたときから、ずっと神経が逆立っていたのだ。

それでも、アンジーの婚約のニュースを気にするまいとしてきた。それが鉤爪《かぎづめ》のように皮膚を突き抜け、胸に食いこんできても、そしてそれが自分でも正体を明かすことのできない危険な感情を呼び起こしても、気づかないふりをしていた。アンジーはとげとげしさしかない破綻しかけた結婚生活を見限り、出ていったのだ。もはや傷つく理由などないはず……。

にもかかわらず、なぜこうまで怒りを感じるのだろうか？　その怒りは自分の中に巣くう病のように内側から魂をむしばんでいる。その怒りを何かにぶつけずにはいられなくなる。

なぜクリスに離婚申請書を提出するよう頼まなかったのだろう？　二年前にすでに終わっていることにとどめを刺すだけなのに。

ロレンツォはしばらくぼんやりと窓の外に目を向け、明かりのちりばめられたマンハッタンに夜のとばりが下りるようすを眺めながら、ウイスキーを飲んだ。リッチ一族の血を絶やさないために自らが達成すべき義務とは何か？　ビジネスの上では、今まさに百五十億ドルの買収計画が結実するか否かの瀬戸際で、社長としてそれに集中する責務もある。これが成功すれば、リッチ社は世界最大の高級ホテルチェーンを有することになるのだ。

この窮地を脱する方法は？　次の瞬間、ロレンツォの頭に浮かんだ解決策は、衝撃的なまでにシンプルだった。


どうしてこの部屋はこんなに空気が薄いのかしら？

アンジーはバーテンダーからシャンパンの

グラスを受け取り、ガラス製のカウンターにもたれた。眼前ではカクテルドレスに身を包んだ招待客たちが、白漆喰《しろしっくい》の壁に囲まれた優雅な雰囲気の画廊で社交にいそしんでいる。アンティークのシャンデリアが放つきらめきが、つやのある黒い大理石の床に降りそそぎ、角度を計算したスポットライトが壁に飾られた芸術作品を照らし出している。私とバイロンの婚約披露パーティにふさわしい、完璧なまでに洗練された舞台だ。それなのに、夜が深まるにつれ、なぜ息苦しく感じるのだろう？　血管がざわめくような感覚を、どうしてぬぐい去ることができないのだろう？

本当なら、喜びにあふれていてもいいはずなのに。夢をかなえて、ニューヨークで今最も注目される新進宝飾デザイナーという評価も手に入れた。カーマイケル家の一員としての重圧からもようやく解放され、自由の身になった。そして、舞台袖にはすばらしい男性が控え、自分とこれからの人生をともにしようとしている。これ以上、どんな幸せを望むというの？

それでも、どこか満たされないむなしさを感じている。

いいえ、そんなことはないわ。アンジーは自分に言い聞かせた。幸せで薔薇《ばら》色の脳内にときおり別の男性の姿が浮かんでしまうなんてありえない。そう、彼は、すべてを手にするのがどんな気分が教えてくれた直後に、そのすべてを奪い去った。旺盛なホルモンの働きに惑わされるなんて、愚か者のすることだと、今ならはっきりわかる。高々と舞いあがれば、いつか下降するときが来る。私とロレンツォの場合は、真っ逆さまに墜落したのだ。

胸が焼けつくように痛んだ。深く息を吸おうとしたが、ここの空気はやはり薄すぎる。そう、酸素があればいいのよ。酸素を吸えば、頭がすっきりする。

バイロンは部屋の反対側で職場の同僚と話をしている。今がチャンスだ。盛りあがる客たちの間をぬい、ジャズバンドの脇を通って、階段に近づいた。今夜、二階は誰も使っていないはずだ。アンジーは階段をのぼり、小さなテラスへ向かった。

外に出たとたん、濃密で生暖かい夏の夜風が吹きつけた。庭園のように整えられたテラスの端まで行き、手すりに肘をついて周囲を見回す。下の通りでは、タクシーと歩行者がマンハッタンの覇権をめぐって争っている。いつもと変わらぬその風景に、妙に気持ちが落ち着いた。

そこでアンジーの嗅覚がまた別の刺激をとらえた。スパイシーな男っぽい香り。疑いようもないほどかぎ慣れた香り。そして、胸が揺さぶられるほど懐かしい香りだ。

背筋を冷たい指先で撫《な》でられるような感覚

を覚えた。心臓が激しく打ち、喉から飛び出しそうだ。アンジーは振り向いた。黒髪で浅黒い肌をした長身の男性が、仕立てのいいスーツに身を包み、目の前に立っている。その姿が情報として入ってきたとき、脳がしばらく停止状態に陥った。

アンジーは視線を上げ、黒い瞳を見あげた。路面をおおう薄氷のように危険な輝きを帯びている。それから視線をゆっくりと鼻に下ろした。ローマ鼻と呼ばれる鼻梁《びりよう》の高い鼻だ。一日で伸びた髭《ひげ》が顎をおおっている。形のいいセクシーな唇は、痛みと喜びを同じ割合で与えるすべを知りつくしている。

一瞬、不安になるほどの現実味とともに、アンジーは自分が幻影を呼び起こしたのではないかと思った。このロレンツォは実物ではなく、自分が不安にさいなまれるあまり夢想しているだけなのではないかと。その夢想の中で、彼はアンジーの婚約の噂《うわさ》を聞きつけ、阻止するために駆けつけてくる。彼女にまだ思いを残していることを伝えるために。そんな場面を思い描くのは、まだ信じているからだ。嵐のようにめまぐるしく過ぎ去った結婚生活の中でも、彼が一度は自分を大事に思ってくれたことがあったのだと……。

パニックが全身の血管を駆けめぐった。もし本当にそうならどうする？　私はいったいどう応えるの？　自分のすべてが一瞬にして崩れ落ちそうで、恐ろしくなった。

震える手の中でシャンパンがこぼれそうになり、あわててグラスを胸に押し当てた。ロレンツォにはなぜか、隙あらばおとぎ話のような夢想をかきたてられてしまう。彼のほうも結婚した当初は私を心から求めてくれていたのではないか、あるいは、出会ったころ、二人の間には確かに魔法のような奇跡が存在したのではないかと。それからまもなく、突然目の前に突きつけられた現実に、平手打ちを食らわされることになりはしたけれど……。

そう、ロレンツォが私と結婚したのは、跡取りを確保するという便宜的な必要性に迫られてのこと――それが現実だった。おなかの子供がいなくなると同時に、彼は私への興味も失った。

アンジーは深呼吸を一つし、なんとか体勢だけでも安定させようと両足を踏ん張った。

「ここで何をしているの、ロレンツォ？」

危険なほどにハンサムな顔が嘲笑《あざわら》うようにゆがんだ。「〝こんばんは、ロレンツォ〟とは言ってくれないのかい？　あるいは〝相変わらずすてきね、ロレンツォ〟とか〝元気だった、ロレンツォ？〟でもいいと思うんだが」

アンジーは唇を引き結んだ。「呼ばれもしないのに、私の婚約披露パーティにいきなり押しかけてきたのよ。礼儀正しく迎える義理はないと思うけど。そもそも礼儀なんてものは、結婚六カ月目あたりで、私たちの間から消えてなくなったはずだわ」

「僕たちはそんなに長く続いたっけ？」ロレンツォが腕組みをし、手すりに背中をもたせかけた。たくましい体に筋肉が浮きあがる。

つい見とれそうになるのを、アンジーはなんとかこらえた。彼が以前にもまして体を鍛えあげ、その魅力を危険なまでに高めていることにも、気づかないふりをした。

ロレンツォが片方の肩をすくめた。「突然現れたのは申し訳ないが、ビジネス上、どうしても話し合っておかなければならないことがあってね」

「ビジネス上？」アンジーは眉をひそめた。

「電話で片づけるわけにはいかないの？」ドアのほうにちらりと目をやる。「バイロンは……」

「ここに来たことは誰にも気づかれていない。壁の絵に上手にまぎれていたんでね。それでも、君たちの挨拶は聞かせてもらったよ。なかなか感動的だった」

アンジーは不安におののき、ロレンツォを見つめた。「いつからここにいるの？」

「君がバイロンをしっかり尻に敷いているのがわかるくらいからかな。彼は君の魅力にまいって、主導権を完全に明け渡すつもりらしい。君が夢見ていたのはそういうことだったのかい、アンジー？」

熱い怒りが血管の中でパニックと混じり合った。「私は主導権を握りたいなんて思ったことはないわ。ただ平等な関係を築きたかっただけ。男性優位主義で傲慢きわまりないあなたには、とうてい受け入れられないことでしょうけど」

「だが、我らがバイロンは違うというわけかい？」

「ええ」

「ベッドではどうなんだ？」ロレンツォが瞳を意味ありげに輝かせた。「君の尽きることない欲求を、彼は満足させてくれるのか？その長い脚をからめて懇願すると、君が声をあげるほど喜ばせてくれるのか？　僕にはあいつが君の望むだけのものを与えられるような本物の男には見えないんだよ、いとしい人《カーラ》。それには遠く及ばないだろう」

アンジーの体の芯を激しい欲望が貫いた。ロレンツォのたくましくも美しい体は脳裏にくっきりと焼きついている。その体は私を満たし、快楽のきわみを味わわせてくれた。彼の熱いささやきは耳をくすぐり、気持ちがいいならそう言ってくれと要求した。そして、私が喜びを言葉に表し、もっと欲しいと嘆願するまで、許してくれなかった。そう、ロレンツォは確かに、私が大声をあげるほど喜ばせてくれたのだ。

頬がかっと熱くなり、みぞおちが締めつけ

られて、下腹部に熱が集まる。あのころアンジーは、ロレンツォの愛を必死に求めていた。鳥がパン屑《くず》に飛びつくように、彼が投げてくれるなら、愛情のかけらでも喜んで受け取った。そして最後には、そういうかけらしか残っていなかった。

アンジーは唇を噛《か》み、嘘《うそ》をついた。「ベッドでも何一つ不満はないわ」

ロレンツォのまなざしが険しくなり、黒い瞳の奥に暗い光が宿った。「そこまでいい相手なのに、結ばれないとは気の毒だな」

不安がアンジーの胸を揺さぶった。「何を言いだすの？」

「いや、実は、僕たちの離婚手続きにちょっとした……書類上の不備があったんだよ」

「もうとっくに離婚は成立しているわ」

「僕もそう思っていた。ところが、手続きを担当した法律事務所がしかるべき書類を州に提出していなかったんだ。たまたま別の件で書類を確認してもらったところ、昨日になって初めてそれが明らかになった」

アンジーは膝から力が抜けるのを感じた。

「いったいどういうこと？」

「僕たちはまだ婚姻関係にあるということだよ、アンジー」

足の下の床が崩れ去るような感覚を覚え、アンジーは手すりをつかんだ。冷たい金属を握りしめてなんとか体を支えると、頭の中をおおう霧を必死に払いのけようとしながら目をしばたたいた。婚姻関係？　ロレンツォとはまだ夫婦なの？

喉がからからに渇いている。アンジーはごくりと唾をのんだ。「三週間後にはバイロンと結婚するのよ。セント・バーソロミュー教会で、二人だけで式を挙げる予定なの」

ロレンツォのまなざしは、彼の中の肉食獣を解き放ったかのように大胆で攻撃的だった。

「重婚罪に問われてもいいというのなら別だが、そうでなければ不可能だな」

アンジーは必死に頭を働かせようとした。

「なんとかしてよ。あなたが依頼した法律事務所のミスなんだから、彼らがきちんと手続きをすればいいだけの話じゃないの」

ロレンツォが投げやりに肩をすくめた。

「急いだところで限界がある。こういう手続きの進捗は、かたつむり並みのペースだから。最終的に完了するまでは何カ月もかかる」

「でも、あなたにはつてがあるじゃないの。ありとあらゆる場所で影響力を行使できるわ。あなただったら無理を通せるはずよ」

「おそらくは」

ロレンツォの顔に浮かぶ冷徹な表情を見て、アンジーの血は凍りついた。「可能だけどその気はないということね」

「ああ、無意味なことに人の手を借りるつもりはない」

無意味？　怒りのあまり目の前が赤くかすんだ。「私は三週間後に結婚するのよ。もうずっと前から予定していたことなの。それがなぜ無意味だというの？」アンジーはロレンツォの目を見据え、かぶりを振った。「ひょっとしたら、まだ私に腹を立てているの？　私からあなたのもとを去ったから、そのことで仕返ししようというの？　ねえ、ロレンツォ、あなただってわかっていたはずよ。私たちの結婚は最初から失敗する運命だった。どんなにがんばったところで、うまくいく見込みはなかった。私はもう先に進みたいの」

ロレンツォがさらに近づいてきた。百九十センチの長身が発する雄々しいエネルギーがわずか数センチの距離から浴びせられた。アンジーを見おろしたとき、彼の表情には激情がむき出しになっていた。「僕たちの結婚は失敗する運命だったわけじゃない。うまくいかなかったのは、君がまだ若すぎて自分のことしか考えられなかったからだ。君は結婚が努力で成り立つものだということに気づかなかった。忍耐が必要だということにね。代わりに、僕が何かを頼むたび、それに反発することにエネルギーを費やしていた。僕の求めるものを無視することに全力を傾けていたんだ」

アンジーはつんと顎を上げた。「あなたが求めていたのは、社交の席で役に立つだけの妻じゃないの。頭が空っぽで、なんの目的意識もない女を求めていたのよ。いっそ美女ロボットでも雇えばよかったんだわ。あなたとは完璧にお似合いだもの」

ロレンツォの瞳がきらりと光った。「当てこすりはやめたほうがいいな、カーラ。君らしくもない。僕は君の聡明《そうめい》さも好きだった。君だってわかっていたじゃないか。リッチ社が支援する慈善活動に参加できるよう、機会があるたびに君を誘ったはずだ。なのに君は、どれほど楽しそうな企画を持ちかけても、興味を示さなかった」彼は手にしたシャンパングラスでアンジーを指した。「社交の席で役に立つ妻という点に関しては、僕と結婚した時点でその覚悟はできていたはずだ。僕の生活がどういうものか、あらかじめ知っていたんだから」

そうかしら？　二十二歳で妊娠した上、夫となる相手にすっかりのぼせるあまり、孤独な生活からまた別の孤独な生活へと移っただけだということには、まったく気づいていなかった。渇望する愛を手に入れることもできず、それどころか、努力によって勝ち得た自立を危うく手放すところだった。宝飾デザイナーになる夢を、もう少しであきらめてしまいかねなかったのだから。人を愛することのできない男性に夢中になってしまうという、母と同じ過ちを繰り返すところだった。もう二度と同じ轍《てつ》は踏みたくない。

アンジーは胸の痛みをこらえ、挑むように顎を上げた。「あなたなら、夢を追いかけたいという私の望みを理解してくれると思っていたわ。ひとかどの人間として認められたいという欲求を」

「理解していたよ。君は当時、細々とネット通販をしていた。僕はその事業を拡大する手伝いをした。問題が起きたのは、君が実店舗の立ちあげに乗り出そうとしたからだ。店を運営するとなると、かなりの時間を仕事に費やすことになる。僕たちの生活はただでさえ忙しかったのに」

「あなたの生活が、でしょう？　私の生活になんて目を向けてもらったこともない。いつだってあなたの生活が優先だったわ」

「そんなことはない」

「そうですとも」アンジーがグラスをロレンツォのほうに勢いよく突き出すと、縁からシャンパンがこぼれた。「あなたが望んでいたのは、私が半歩下がってよき妻の役割を演じること……そして、あなたのベッドを温めることだけよ。寝室の中ですら、私はあなたを喜ばせる所有物でしかなかった。あなたの気が向かなければ見向きもされなかったわ」

ロレンツォの顎に力がこもった。「ベッドでの関係は、僕たちの結婚生活で唯一うまくいっていた部分だと思うがね、僕のいとしい人《カーラ・ミ》人《ア》。そこまで貶《おとし》めるのはどうかな」

「そうだった？」アンジーは皮肉っぽく口元をゆがめた。「あなたは本当の意味で私を受け入れたことはなかった。ベッドの中でも、それ以外の場所でも。誰かに心を開くなんて、あなたにはとうてい考えられないことなのよ」

ロレンツォの黒い瞳に不穏な光が宿った。それが何を意味するのか、アンジーにはわからなかった。「君の言うとおりだ」彼がきびきびした口調で言った。「結婚生活が破綻したことに関しては僕にも責任がある。僕たち二人とも等しく責任を負っている。だからこそ、二人で力を合わせてやり直すんだ」

アンジーはあんぐりと口を開けた。「な、なんですって？」

「フランコには子供ができないそうだ。となると一族の跡取りを作る責任は、この僕にかかっている。僕たちはまだ婚姻関係にあるということだから、考えられる方法は一つしかない」

まさか、ありえないわ。アンジーはあとずさった。「どうかしているわ。正気の沙汰じゃない。フランコのことはお気の毒だけど、私はもう別の人と婚約しているのよ」

「そんなのは不可能だと、たった今説明したばかりだろう」

アンジーはロレンツォのこわばった顎を見

つめた。本気なんだわ……。

「ロレンツォ」できる限り理性的な口調をつくろって言った。「がんばったところで、うまくいかないわ。二人ともあれだけ苦い思いをしたんだもの。もう先に進むべきなのよ。私には新たに築いた生活が……仕事があるの。それを捨てるつもりはないわ」

「仕事を捨てろなんて言っていない。その件は二人で話し合って納得のいく解決策を見つけよう。とにかく、僕は自分の妻を取り戻すつもりだ。その点については、いっさい妥協する気はない」

アンジーは頬の内側を強く噛んだ。しょっぱい血の味が口の中に広がる。かつてはロレンツォがそう言ってくれるのを心から望んだ時期もあった。破綻した結婚生活をもう一度立て直したいと彼が望むなら、どんなことでもするつもりだった。彼のもとを去ったあとの数週間、自分は取り返しのつかない過ちを犯してしまったのではないかと怯《おび》えながら、ただひたすら彼がそう言ってきてくれるのを待っていた。その一方で、自分の経験から、人というのは根本的には変わらないものだということも知っていた。どれほど愛していようと、その性格まで直すことはできないのだ。それを期待すれば、こちらの心が繰り返し打ち砕かれることになる。

「お断りするわ」アンジーは静かに言った。

「そうしたいのなら、離婚手続きを好きなだけ引き延ばせばいい。だけど、指一つ鳴らせば私が喜んで舞い戻ってきてあなたの跡取りを産むなんて思わないでいただきたいわ。私はもう婚約しているのよ、ロレンツォ。婚約者のことを愛しているの」

美しい妻が嘘を口にするのを、ロレンツォは平然と眺めていた。これまでさまざまな場面で彼女の反応を目にしてきたおかげで、そんなことは嘘に違いないと確信していた。女というものは、ある男を愛していると言ったとして、もしそれが本心ならば、別の男の全身を熱いまなざしで眺め回すようなまねはしないものだ。アンジーの細胞は僕のせいでことごとく刺激され、波立っている。この目はごまかせない。

アンジーがその体をほかの男に捧《ささ》げていると思うと、全身の血が怒りにたぎった。婚約者との乾杯を見せつけられたときもそうだった。彼女はまだ僕の妻なのだ。これまでも、これからも、ずっとこの腕の中にとどまるべきだ。

ロレンツォは繊細なシルクにおおわれたアンジーの胸のふくらみに目を落とした。視線をさらに、なだらかな曲線を描く腰に下ろす。そこから脚線美を誇る脚が延々と続いたあと、その先はセクシーなピンヒールに包まれている。彼の体はついぞ忘れていたうずきを思い出した。あまりにも不当だ。これほどの欲望をかきたてるのは、この世でアンジーただ一人だというのに。

そこで視線を妻の顔に戻した。頬が染まっているのを見て、卑しい満足感がこみあげてきた。「僕が今ここで触れたら、君はせいぜい六十秒で婚約者のことなどすっかり忘れ去るだろう。君だってよくわかっているんじゃないか？　僕たちの間には特別な結びつきがある。純粋に生物学的な引力が働いている。それは否定できないはずだ」

アンジーが唇を引き結び、その表情が氷に包まれた。「くだらないゲームに付き合っている暇はないわ。そろそろバイロンが捜しに来るころよ。あなたもこんなところで時間を無駄にしていないで、弁護士たちにミスを修正してもらってちょうだい。さもないと、あなたとその法律事務所を職務不履行で訴えさせていただきますから」

ロレンツォの口元に笑みが浮かんだ。「それについては僕も一瞬考えたよ。だが、次の瞬間こう思ったんだ。これは僕たちが三年前に自らに課した責任をまっとうすべきだという天の思《おぼ》し召しじゃないかとね」

「ほんとにどうかしているわ」アンジーはくるりと背を向け、ドアのほうへ歩きだした。

「さっさと出ていってね、ロレンツォ。誰にの上流社会においても見られないうちに」

ロレンツォの胸にどす黒い敵意がこみあげてきた。アンジーはいちばんつらい時期に僕を見捨てて出ていった。残された僕は嵐のようなマンハッタンのゴシップにもまれながら、家族や友人に事の次第を説明する役を一手に引き受けざるをえなかった。一方彼女は、二人の結婚が葬り去られてせいせいしたとばかりに、カリブ海でバカンスを楽しんでいたのだ。

もう二度と捨てられる役に甘んじるわけにはいかない。

「いや、あいにくだが、まだ話は終わっていない」ロレンツォが静かに言うと、アンジーはたと足を止めた。「僕が交渉用の切り札も持たずに、丸腰で来たと思うのかい？」妻が振り向いた。ブルーの瞳が不安におののいている。「カーマイケル社は深刻な資金難に陥っている」彼は続けた。「もうだいぶ前から経営が逼迫《ひっぱく》していてね。僕が君のお父さんに二回ほどまとまった額を融資して、なんとか会社を回しているような状態だ」

アンジーが目をしばたたいた。「そんなこと、ありえないわ」

当初、アンジーの父親が融資を頼みに訪ねてきたとき、ロレンツォもそれと同じような反応をした。カーマイケル社といえば、二百年以上の歴史を誇る織物会社だ。ニューヨーククで最も有名なデザイン専門校のメインキャンパスにその名が冠せられていることからもわかるように、アメリカを代表する老舗企業であることは間違いない。そのカーマイケル社が深刻な赤字状態に陥っているとは、にわかには信じがたかった。

妻の顔から血の気が引いていくのを、ロレンツォはじっと見つめた。「ちゃんと実家を訪ねていたら、君も気づいていただろうな。近ごろでは多くの海外企業があの業界に参入して、ハイテク繊維を競い合っている。もうだいぶ前から経営は苦しかったようだ」

アンジーがかぶりを振り、力ない声で言った。「もしそうだとしても、なぜあなたは私の家族を助けるの？」

ロレンツォは口元をゆがめてほほえんだ。「僕は人との絆《きずな》を大切にする主義だからだよ。君とは違ってね。多少面倒な状態に陥ったくらいで逃げたりしない。君の工房の家賃を援助しているのは誰だと思う？」

アンジーが眉根を寄せた。「工房の家賃なら、私が払っているわ」

「君が払っているのは、本来の家賃の四分の一だ。あのビルは僕の所有なんだよ」

彼女がぽかんと口を開けた。「だって、あの不動産業者には私が相談したのよ。住まい兼店舗の工房を借りたいといって……」

「君が見つけたのは、僕がそう仕向けた物件だということだ。君が治安のいい地域で暮らしていると思えば、こっちも安心して眠れるからね」

いきさつをようやく理解したらしく、アンジーが苦しげに顔をゆがめた。「何が言いたいの？　あなたのもとに戻らなかったら、家族の会社への融資を取り消したうえに、私を路頭に迷わせると言うの？」

「僕としては、動機づけと考えてもらうほうがいいな。一度は結婚した以上、それを過去のものにしてしまう前に、できる限り努力するべきだ。僕たちにはその義務がある。君が戻ってきてくれれば、僕たちはもう一度やり直すことができるし、僕はカーマイケル社を経営難から救って、アメリカの歴史的遺産を守ることができる。みんなにとって幸せな解決策じゃないか」

「そんな脅しが私に通用するとでも思っているの？」

「君は卑怯《ひきよう》にも一方的に僕を置き去りにしたんだよ、大切な人《テソーロ》。だから僕はどんな手段を使ってでも君に気づかせてみせる。これが僕たち二人にとって正しいことだと」

「一緒に結婚カウンセリングに行ってほしいと頼んだじゃないの。あんなに必死にお願いしたのに……。私なりに精いっぱい結婚生活を続ける努力をして、その上で出ていったのよ」

それは事実だった。罪悪感がちくりと胸を刺すのを、ロレンツォは無視した。「君は僕たちの抱える問題が一夜にして解決することを期待していた。物事はそんなに単純じゃないんだ」

アンジーはフルートグラスの華奢《きゃしゃ》な柄を握りしめている。「無理に結婚生活を続けたところで、お互いに傷つけ合うだけだわ。二人にとって正しいことだとはとても思えない」

「二人とも、あのころより年を重ねた分だけ利口になっているはずだ。今度こそきっとうまくいくよ」

アンジーは首を横に振った。「勝手な思いこみよ。あなたの切り札には効果がなかったようね、ロレンツォ。私は二度とあなたの妻にはなりませんから」そう言うと再び背を向け、立ち去った。

ロレンツォは黙ってその後ろ姿を見送った。彼女が戻ってくることは間違いない。もとより、勝てないギャンブルはしない主義だ。

2

アンジーはショックに身を震わせながらパーティ会場に戻った。てのひらはじっとりと汗ばみ、心臓が激しく打っている。脳が麻痺《まひ》した状態で、まっすぐにアビーのもとへ急いだ。妹は著名な慈善家と話している最中だったが、相手に詫《わ》びを言い、人のいない静かな一角へアンジーを連れていった。

そして、心配そうに姉を見た。「いったいどうしたの？　幽霊でも見たような真っ青な顔をして」

「ロレンツォが来ているの」

妹が目を丸くした。「姉さんの婚約披露パーティに？」

「離婚の手続きにミスがあったらしいのよ。私たちはまだ夫婦なの」

「夫婦？」アビーがあんぐりと口を開けた。「ミスがあったってどういうこと？　誰がミスしたの？」

「ロレンツォが依頼した法律事務所よ。州に申請書を提出するのを忘れたんですって」

「ロレンツォはちゃんと手続きし直してくれるんでしょうね？」

アンジーは目を閉じた。「そのつもりはな

いようよ」

「どういうこと、そのつもりはないって？」

「フランコのところは子供ができないんですって。だからロレンツォは跡取りをもうける必要があるの。もう一度私とやり直して、妻としての義務を果たさせようということらしいわ。彼のために子供を産めってこと」

妹が息をのむ音が響いた。「信じられない。姉さんはもう婚約しているのに」

「そうなのかしら」背筋を冷たいものが走った。「もしも法的にはまだロレンツォと結婚しているということなら、バイロンはどうなるの？　不倫の婚約者？」

妹は呆然《ぼうぜん》として言葉に詰まっている。「さあ……とにかく、我が家の弁護士に言って、とっちめてもらいましょうよ。向こうの過失であることは間違いないんだから」

「ロレンツォは腹を立てているのよ」アンジーは静かに言った。「私が彼のもとを去ったことを、今も根に持っているんだわ」

「あのときはああするしかなかったじゃないの。ロレンツォだって一方的な被害者じゃないわ。ああなったのには、二人とも同じように責任があるはずよ」

アンジーは髪をかきあげ、妹をまっすぐに見つめた。「カーマイケル社は経営難に陥っているの？　今まで私に話してくれていなかったことがあるんじゃない？」

アビーの顔に身構えるような表情が浮かんだ。「それとこれとなんの関係があるの？」

「ロレンツォがお父さんに二回融資したって言っていたわ。私がもう一度結婚生活をやり直す努力をしたら、カーマイケル社の経済的な危機を救ってくれるって。それがいい動機になるだろうって言ってた」

アビーのサファイアブルーの瞳が冷たく光った。「ろくでもない男ね」

「本当なの？　お父さんは本当に彼からお金を借りたの？」

「ええ」妹が認めるのを聞き、アンジーはがっくりとうなだれた。「当初は、他社のハイテクに負けないよう最新設備を導入するためだったの。でも、カーマイケル社は結局のところ、先端技術が主流の市場で返り咲くことができなかったのよ」

アンジーは深いため息をついた。はかない望みだとわかっていても、ロレンツォの言葉が嘘《うそ》であってくれればと願っていたのだ。

アビーが唇を引き結ぶ。「姉さんはそんなことする必要ないわ。お父さんはもう何年も現実から目をそむけてきたのよ。目の前に問題がでかでかと掲げられていたのに、見て見ぬふりをしていたの。経営を立て直すのは、お父さんの責任よ。姉さんじゃない」

「どうして教えてくれなかったの？」やりきれなさに息苦しくなった。「何かあったら一人で背負いこまないって約束したのに」

「姉さんには時間が必要だった。ロレンツォのところを出たときはぼろぼろだったじゃない。元夫がカーマイケル社に融資しているなんて、とてもじゃないけど教えられる状態じゃなかったわ」

アンジーはこめかみの血管がどくどくと脈打つのを感じた。「お母さんはどうしている？　大丈夫？」

アビーが眉根を寄せた。「それが……」

「いいから話して」

「経営が傾きだしてからだんだん不安定になって。そろそろまた……」アビーは言いにくそうに手を振った。「治療を受けたほうがいいかもしれない。本人は望んでいないし、絶対に行かないって言い張っているけど。先週お母さんが遊びに出かけたとき、一緒に行ったサンドラから電話があったの。結局、お母さんをベッドまでかついでいかなくちゃならなかったわ」

ずっと抑えつけていた感情がいっきにこみあげてきた。胸が苦しく、さっきから痛みはじめていた胃が締めつけられるようだった。

「そのときは何を飲んだの？」

「ジンよ」

アンジーはぎゅっとまぶたを閉じた。自分自身が生き延びるために、家族とはしばらく距離を置いていた。酔った母親を繰り返し迎えに行くたびに、心が打ち砕かれたように落ちこんでしまうからだ。結婚に失敗したあと、なんとか立ち直るまで、母親の面倒を見る余裕はなかった。だが心のどこかでは、その判断にずっと罪の意識を感じていた。

そして今、アンジーは息もできないほど悔悟の念にどっぷりつかっていた。母デラ・カーマイケルは、ひとたびアルコールに手を出すと、意識を失うまで飲んで、見るも無残な状態になるのが常だった。

「アンジー」妹の力強い声が聞こえ、はっと顔を上げた。「こんなことで姉さんをつらい目にあわせるなんて、私が許さない。姉さんには関係ないのに」

でも、妹の言うことは間違っている。アンジーにはわかっていた。この問題を解決できるかどうかは私にかかっているのだ。ばかげたことはやめるべきだ、やり直そうとしても無駄なのだと、ロレンツォを説得しなければ。彼が納得しない限り、この先どんな手をも使ってくることは予想がつく。

翌日の晩、アンジーは苦悩のあまり頭が割れるように痛むのを感じながら、バイロンとの電話を切った。昨晩はこの頭痛のせいで夜半前にパーティを抜け出すことになったが、それを心配して連絡してきた婚約者には、もう大丈夫だと言っておいた。家に送り届けてくれた彼のキスを避けるようにして急いでドアの中に入ったのも、もちろんこの頭痛のせいだ。玄関前に一人残されたバイロンは不審げに眉をひそめていた。

ああ、もう！　アンジーは仕事をあきらめると、光にあふれた工房を横切り、窓際に立って通りを見おろした。ソーホー地区は夜になっても車や人の往来でにぎわっている。夏の観光シーズン真っ盛りで、街じゅうに観光客があふれている。工房の一階で営んでいる店舗にとってはありがたいことだ。客の来訪を告げるベルは一日じゅう絶えることがない。

アンジーの名字を記した紫色の日よけが風になびいている。カーマイケル工房――自分が愛し、誇りにしているこの工房にまでロレンツォの権力が及んでいたかと思うと、言葉では言い表せないほど腹立たしかった。自分一人の力でやり遂げることができるのだと、どうしても証明したかった。いや、証明する必要があった。ロレンツォにそんなものはただの趣味だとばかにされても、夢をかなえてデザイナーとして成功の道を歩まなくてはならない。宝飾デザインという形で自己表現をするのは、自分にとって呼吸するのと同じくらい、生きることに欠かせない行為なのだ。

若い娘たちの一団が前の通りを歩いていく。前方を行くスーツでぴしっと決めたハンサムな若者を眺めては、くすくす笑い合い、脇腹をつつき合っている。それを見て、アンジーの胸は締めつけられた。ロレンツォと出会ったとき、私もあんなふうだった。何も知らないまま、エネルギッシュな彼に一瞬にして引きつけられた。

痛みを伴う思い出が、まるでドミノ倒しのように次から次へとよみがえってくる。いつしかアンジーは当時の手持ちの服の中で最もセクシーだったシルバーラメのドレスをまとい、遠い日のプールサイドに立っていた。バハマの首都ナッソーで両親が毎年催していた冬のパーティだ。ハンサムで非情な乗っ取り屋ロレンツォ・リッチがパーティに来ることを知り、胸の中で蝶《ちょう》がはばたいているような落ち着かない気分だった。父アリステア・カーマイケルは、ロレンツォの企業買収の標的になることもなく、彼とビジネス上の友好関係を保ってはいたものの、娘に対してはそれとなく警告を発していた。ロレンツォには近づくな、おまえの手には負えない相手だ、と。

アンジーは父の教えを守っていた。しかしその晩に限っては、父と口論したせいで心がささくれだっていた。一晩でいいから、自分が孤独でみじめな存在であることを忘れたかった。女たちはこぞってロレンツォをつかまえたがっている。彼はマンハッタンで最も魅力的な男やもめとして有名だった。おそらく、誰も彼を落とせないという事実がよけいに女たちを駆りたてていたのだろう。アンジーは友人のベッカの挑戦を受け、引くに引けなくなってロレンツォをダンスに誘った。すると、意外にも彼は応じた。そのダンスがやがて庭でのキスへと続き、さらには互いの体を情熱的に探り合うに及んで、アンジーの純潔は根底から揺さぶられた。ロレンツォ・リッチとの一夜を手に入れたつもりでいたが、はからずも、それよりはるかに重大な結果を招くことになってしまったのだ。

アンジーは目を閉じた。胸の奥のほうが脈打つようにうずいている。自分こそがロレンツォのただ一人の存在になれると思っていた。ただ一人、彼の心に再び愛を呼び覚ます存在に。二人の間に起きたことは、二十二歳のアンジーにとっては天地を揺るがすほどの衝撃だったのだから。彼に無条件の愛を捧《ささ》げれば、前妻の死を乗り越えさせることができると信じていた。ロレンツォは亡妻ルチアに今も心を奪われたままなのだと、世間がどれほど噂《うわさ》しようとも。だが、結局は思い知らされた。彼にとって愛とは、この世を去った前妻のためだけにある感情なのだと。自分には決してそれが与えられることはないのだと。

こめかみがずきずき痛みだした。どんなに望んでも、今さら過去を変えることはできない。でも、今回の件に関しては、ロレンツォの決定をくつがえすことができる。いいえ、なんとしてでもくつがえさなければ。

離婚が決定するまで、バイロンとの結婚式は延期すればいい。工房ももっと賃貸料が安いところに移そう。ただ、それ以外にもまだカーマイケル社の経営危機の問題が残っている。家業の存続は私にかかっているのだ。

昨晩、テラスで会ったときのロレンツォの冷たく険しい表情を思い出し、全身を震えが走った。彼はまるで見知らぬ他人のようだった。ロレンツォは幼いころから経験によって鍛えられ、リッチ一族の当主である冷徹な父サルヴァトーレ・リッチに仕込まれたおかげで、もともと強靱《きょうじん》な精神力の持ち主だった。


だが、昨晩の彼は、新たなレベルの冷酷さを身につけたように見えた。

私が去ったことで、ロレンツォはあんな非情な人間になってしまったの？

胸にわきあがった罪悪感が怒りとせめぎ合う。勝ったのは怒りだった。昨晩のあの判断は間違っていなかった。二人の間にあれだけのことがあったのだから、やり直すのは絶対に無理だ。なんとかそれをロレンツォにもわからせなければ。

アンジーはデスクに歩み寄り、バッグを取り出してドアに向かった。ロレンツォの思いどおりにさせるものですか。あの結婚のせいで、私は立ち直れないほどぼろぼろになるところだった。名門リッチ一族に跡取りが必要だからって、あんなつらい思いは二度と味わいたくない。この二年の間に、私は強くなった。もう彼の好き勝手にはさせない。

自分がどれほど変わったか、夫にいやというほど思い知らせるつもりだった。

ロレンツォの居場所はすぐにわかった。今夜も蒸し暑さが街をおおいつくしている。アンジーはパーク・アヴェニューに面した夫の所有するビルの正面玄関を抜けた。彼女の姿を目にして、ドアマンのフェデリコの表情がぱっと明るくなるのが見て取れた。彼は灰色の眉をわずかに上げてから元の笑顔に戻り、アンジーを最上階のペントハウス直通の専用エレベーターへ案内した。

ペントハウスでエレベーターのドアが開いたとき、そこにいたロレンツォはまったく驚いたようすを見せなかった。ヘッドセットで通話を続けながら、彼はアンジーに向かって手招きした。まるで彼女が来るのを予期していたかのようだ。

黒のTシャツと黒のジーンズに身を包んだロレンツォは、乗っ取り屋としての冷酷さこそ感じられないものの、男としてはいつにもまして危険に見える。Tシャツは岩のように固い筋肉を際立たせ、低めの位置にはいたジーンズは引きしまった腰と筋肉質の腿を包んでいる。ロレンツォはほかのすべてのことと同様、ジムでも自分を極限まで追いこむことを旨としている。相変わらずコンディションを整えることに余念がないようだ。

何を考えているの。アンジーはセクシーな衝動が全身を駆けめぐりそうになるのをあわてて抑えながら、ロレンツォの横をすり抜けて、ダークブラウン系の色彩とクロムで統一した豪華な室内に入っていった。

大理石のバーカウンターには、ワインのボトルとグラスが二つ置かれている。ロレンツォは私が来ると確信していたのかしら？　それとも、誰かを待っていたの？　そう考えたとたん、なぜか胃がきりきりと締めつけられた。奥歯をぐっと噛《か》みしめ、バーに近づいて、冷蔵庫の中のスパークリングウォーターを探した。するとロレンツォがマイクを手でおおい、ワインを開けてくれと彼女に指示した。

アンジーは素直に従った。何かやるべきことがあれば、部屋の中を歩き回っているロレンツォの肉体的な魅力に釘《くぎ》付けにならずにすむ。ワインをグラス二つにつぎ、そのうちの一つを取りあげて中身を飲んだ。ロレンツォは電話の相手にあれこれ指示を出してから通話を終えた。

「失礼《スクーザミ》」はずしたヘッドセットを椅子に放り投げると、彼はアンジーのほうへ近づいてきた。「今、買収交渉を進めているところなんだ」

〝今〟というけど、いつもじゃないの。「私が来るなんて知らなかったはずよ」アンジーは彼を阻む盾にするかのように、高価なフランス産の赤ワインのグラスを差し出した。それに気づいたのか、ロレンツォが口元をゆがめて笑った。「お客さまが来る予定だったなら、おじゃまをしては申し訳ないわ」

「君が来るのはわかっていた」ロレンツォはグラスを受け取る代わりに優雅な長い指でアンジーの手を包み、引き寄せた。

アンジーの心臓は肋骨《ろっこつ》を砕かんばかりに打ちはじめた。「ロレンツォ……」

ロレンツォが体をかがめ、顔を近づけてきた。美しい瞳は熱っぽい輝きをたたえている。

「ゆうべは二人とも礼儀を忘れていた。もう一度最初からやり直したほうがいいかな」

アンジーは息をのんだ。キスされる……。絶対にお断りよと言おうとしたとき、ロレンツォのセクシーな唇が頬に触れた。その唇は、儀礼上のキスにしてはほんの少し長めにとどまった。

ロレンツォが反対側の頬にも同じことをすると、アンジーの全身を電流が走った。火花の出るような熱が肌を這《は》い回る。彼女はいらだちを覚え、一歩下がった。「あなたの提案を受け入れると言いに来たわけじゃないわ」

ロレンツォが眉を上げた。「だったら何を

しに……？」

「あなたの目を覚まさせるためよ」

「なるほど」ロレンツォが静かに言った。彼はいつもこういう口調でアンジーをなだめようとしたものだった。まるで数百万ドルで買った癇《かん》の強い競走馬を落ち着かせようとでもするかのように。「だったらワインを飲みながら話そう。今日はやたらと忙しかったんだ」

アンジーは彼にワインのグラスを渡すと、そのあとについてソファセットのほうに移動し、チョコレートブラウンの革張りの椅子に腰を下ろした。読書をするのにお気に入りだった場所だ。

「今はどこを買収しようとしているの？」

「ベルモント社だ」ロレンツォは彼女の向かい側のソファに座り、長い脚を前に投げ出した。

ベルモント社といえば、世界で最も歴史ある高級ホテルチェーンのオーナーだ。世界有数の風光明媚《めいび》な観光地に、最高級のサービスを提供するホテルを有することで知られている。

「売りに出されていたなんて驚きだわ」

「売りに出されているわけじゃない」

「ああ」アンジーはワインを一口飲んだ。

「敵対的買収というわけね」

「というよりはむしろ、いやがる娘を無理やり嫁入りさせる感じかな。彼女のほうも本当は嫁に来たいのに、それを認めようとしないんだ」

アンジーは冷ややかにロレンツォを見た。「どちらでも同じことじゃない？ それがあなたの得意技でしょう。弱った会社を見つけ、役に立ちそうなところだけ奪い取って、残りは全部スクラップにする。社風も、伝統も、あなたにはなんの価値もない」

ロレンツォが眉を上げた。「ずっとその調子で突っかかってくるつもりかい、僕のいと《カーラ》しい人《ミア》？ 良識ある大人として話し合いたいんだと思っていたが」

アンジーは肩をすくめた。「あなたのしていることが腹に据えかねるんですもの」

「以前はそんなふうじゃなかったのに。僕が権力を行使するのがかっこいいと言っていた。セクシーでそそられるとね」

アンジーの頬がかっとほてった。「だったら成長したってことだわ。あなたのせいで何百という人が職を失うのを見てきた。どれほど歴史ある会社だろうが、利益になるのなら過去のものとして葬り去ってしまうのをね。根底にあるのは、変わることのない拝金主義なのよ」

「僕が買収した会社のほとんどは、放っておいてもいずれつぶれるのが明らかだった。時間の問題だったんだ。ベルモント社に関して言えば、豪華旅行をする人々が何を求めているかを見失い、売り上げが急降下している。冷酷非情になるのがやさしさってものだ」

「羊の皮をかぶったところで、狼《おおかみ》はしょせん狼よ。問題は、どこまで行けば満足するかってことでしょうね。世界征服でもするつもり？」

ロレンツォは腿にグラスを置いた。「君は僕にどうしろと言うんだい？　過去の栄光に甘んじて一休みしてほしいのか？　だったら我が社の株主に、この人はもう十分働いたって言ってくれよ。申し訳ありませんけど、今年の収益はこれくらいで勘弁してくださいって」

アンジーはまっすぐに彼の目を見た。「あなたを駆りたてている悪魔と話し合ってみるのもいいんじゃないかしら」

ロレンツォの黒いまつげが伏せられた。「僕たちは過去について話すためにこうして会っているんじゃない。現在僕たちが置かれた状況について話すためだろう？」

「ああ、そうだったわ。この話題には立ち入ってはいけないんですものね。私たちの間の大事なルールを忘れていたわ」

顎がこわばり、ロレンツォが奥歯を噛みしめているのがわかった。「無駄に喧嘩《けんか》を吹っかけるのはやめてくれ、アンジェリーナ。それよりも、君が今何を考えているのか話してくれないか?」

「あなたの提案は常軌を逸しているわ。私に婚約を破棄して戻ってこいだなんて。それもリッチ一族の血筋を絶やさないようにするためだけに……」

ロレンツォが首を横に振った。「言っただろう、目的はそれだけじゃない。僕たち二人とも、この結婚をやり直すために努力をしてみようということだ。以前はできなかった努力をね。永遠の誓いに恥じないようにすべきだってことだよ」

「あなたは私と離婚したじゃないの」

「あれは過ちだった」

アンジーの心臓が一瞬、鼓動を忘れた。

「過ちって、どういうこと?」

「君は抱えている問題から逃げる癖がある。僕もあのときは逃げていたんだろうな。だが、僕たちが今もまだ結婚しているということは、たとえそれが法的な意味合いだけだとしても、過ちを正す努力をすべきなんじゃないのかな。僕はそもそも再婚するつもりもなかった。そこから考えれば、三度目の結婚などどうていするはずがないからね」

ふいに現実がアンジーの上にのしかかってきた。「あなたは私を求めているわけじゃない」抑揚のない調子でつぶやいた。「あなた自身もそれはわかっているはずよ。あなたのお母さまが気に入るような、かわいいイタリア人の奥さんが欲しいんだわ。ディナーパーティでのおもてなしを完璧にこなして、あなたの取り引き相手さえ魅了するような奥さん。あなたが毎晩帰ってくると、セクシーなランジェリーで出迎えるような奥さん。それこそがあなたの理想の妻なんでしょう?」アンジーは心の中で、ふだんの彼女なら考えられないような罵り言葉を吐いた。「それに、私はもうあなたが知っているアンジェリーナじゃないの。変わったのよ。あなたと結婚していたころの私にはもう二度と戻らないわ」

「楽しみだ。君がどんな女性に変わったか、新たに知ることができる」ロレンツォが値踏みするような目を向けた。「この結婚がうまくいくように、できるところは譲歩するつもりだ。一番の焦点になるのは、君の仕事だろう。君の事業はかなりの成功をおさめている。そこまでたどり着くには相当な努力をしたんだろうな。それが僕たちの関係に大きく影響してこない限りは、二人でうまく調整していけばいい」

二人でうまく調整していく? アンジーの胸に怒りがこみあげた。仕事が私にとってどれほど大切か、ロレンツォはわかっていない。つらいことだらけの人生で、仕事だけが私を正気にとどまらせてくれるものだったのに。

「母に関しては」ロレンツォが続けた。「僕たちの結婚について、いわゆる……先入観のようなものを抱いていて、結婚してからの君の行動もその先入観をぬぐい去るには至らなかった。君自身も母と親しくなる努力をしなかった。君さえ心を開けば、母もまったく違う接し方をすると思うよ」

アンジーは拳を固めた。「お母さまは私があなたに罠《わな》を仕掛けて結婚に追いこんだと思っていらしたわ」

「一夜の情事が妊娠という結果に結びついたんだから、そう考えるのも無理はない。もちろん、僕のほうにも責任があったことは母にちゃんと伝えてあるがね」

「それはどうもご親切に」怒りのあまり、頭に血がのぼってきた。「それで、あなたは具体的にどういう点を譲歩してくれるつもり？　あなたの心をおおう何重もの防壁を崩して私を入れてくれる気になったのかしら？　ことあるごとに私を遠ざけずに、ちゃんと向き合ってくれる用意はあるの？　私をあなたの人生の部外者みたいに扱わずに、二人で一緒に問題に取り組んでいく心の準備はできているの？」

「ああ」ロレンツォの低い声がアンジーの全身を揺るがすように響いた。「僕はときとして、人と距離を置いてしまうことがある。心を閉じてしまうことがね。自分でもそれは直すべき欠点だとわかっている。だが、この際だからはっきりしておこう。アンジェリーナ、君だって僕と同じように防壁を築いて僕を締め出すことがある。しかも君のは鋼鉄製だ」

確かに、二人の関係が冷え切ってからはそうだった。何も見返りが得られないのに、ただ与えつづけることが苦しくてたまらなくなったからだ。

胸が痛いほど締めつけられた。ワインのせいで全身の血が温まり、アンジーはついたががはずれたように大胆になった。「残酷なまでに正直になって、手加減せずにやり合おうっていうのなら、いっそ戸棚の奥にしまっていた秘密も全部ぶちまけてしまったらどう？　私たちの結婚がうまくいかなかった本当の原因はルチアだって。あなたは本当はずっとやもめ暮らしを続けて、奥さんの死を好きなだけ嘆いていたかったのよね。私と結婚したりしないで」

ロレンツォの浅黒い肌から血の気が引いた。表情がこわばり、頬骨が刃のように浮き出る。黒い瞳に燃えたつ冷たい炎は、アンジーが越えてはいけない一線を越えてしまったことを物語っていた。「いつまでもルチアの幻影にとらわれているのは、僕じゃなくて君のほうじゃないのか？」

アンジーはつんと顎を上げた。心臓が激しく打っている。「勝手に言っていればいいわ。あなた自身がそう信じたいのならね」

室内の静寂は耳に痛いほどだった。アンジ

ーは立ちあがり、全面ガラスの窓へと足を運んだ。街灯に照らされたセントラル・パークが見える。自分を抱くように腕を回しながら深呼吸をし、なんとか落ち着きを取り戻そうとした。

「以前のあなたはそこまで冷酷じゃなかったわ」だいぶたってから、アンジーはロレンツォのほうを振り向いた。「カーマイケル社を見捨ててしまうなんて、信じられない。父のことをあんなに慕っていたじゃないの」

ロレンツォの瞳は意図的にそうしているかのように何の感情も映していなかった。「だったらそうさせないでくれ。僕は本気だ。どうしても君を取り戻したい。この結婚はもう一度やり直すだけの価値がある。君が僕のところに戻り、誠心誠意この結婚と向き合ってくれれば、君の一族の遺産は後世に受け継がれることになる。それは僕が保証しよう」

アンジーの思考はさらに混乱した。体を抱く腕に力をこめ、感情のほとばしりを抑えようとした。だがそれは、彼女が張りめぐらせた貧弱な壁をいとも簡単に押し流した。「あなたはまだ懲りていないの？　二人で過ごした数カ月は、一分一秒が苦痛以外の何物でもなかった。同じ部屋にいるだけで、すぐに相手を罵り、傷つけ合うことになったわ。怒りをぶつけ合ったところで、楽になるわけもなかった……よけいにつらくなるだけ……」

ロレンツォも腰を上げ、アンジーのほうにゆっくりと近づいてきた。「僕たちは赤ん坊を失ったんだ。つらくて当然だよ。僕たち二人とも心に大きな傷を負ったんだ」

胸に何かが詰まったように息苦しくなった。

「その傷口にまた塩を塗り合おうというの？」

ロレンツォは手の届きそうなところで足を止めた。アンジーの体は彼から発せられる熱に反応していた。かつては知りつくしていた彼の体が、勝手に細胞の記憶を呼び覚ます。胸の高鳴りを、そしてほてりを抑えようと、アンジーは頬に手を当てた。だが、ロレンツォはすでに気づいていたようだ。彼はいつも妻の心を読むのが上手だった。その瞳が熱を帯びるのが見て取れる。

「大事なのは痛みを乗り越えることだ。僕たちが何年も前に向き合うべきだった痛みと、正面から向き合うことだ」

「いいえ」アンジーは首を横に振った。胸の底から不安がマグマのようにわき出てくる。このまま流されたら、きっと後悔することになるわ。「私はもう婚約しているのよ、ロレンツォ。彼を愛しているの」

ロレンツォの瞳に炎が燃えあがった。「自分でも嘘だとわかっているはずだ」

「嘘なんかじゃないわ。本当よ」

「君は僕の妻だ」ロレンツォはアンジーの腰に腕を回し、引き寄せた。どくどくと脈打つ体がバランスを失い、熱の壁のような彼の体に吸い寄せられる。まるで蛾《が》が炎に飛びこむように。ロレンツォの胸に手を当ててあとずさろうとしたが、脚は頼りなく、思うように動いてくれない。見あげると、目と目が合った。「僕のものでないことを示すようにキスしてみてくれ」彼の声はかすれている。「そうすれば考えてやってもいい」

「冗談じゃないわ」はねつけるように発した言葉は、内面のパニックを雄弁に伝えていた。

「どうしてこんなことをするの？　なぜそこまで冷酷になれるの？」

「なぜなら、君が出ていったときに、僕は引きとめるべきだったたからだ。君がほかの男と一緒にいるところを想像しただけで気が変になりそうだから。そして、君が僕を放してくれないからだ、アンジェリーナ。ほかの女性と会っていても、君が頭から離れない。目に浮かぶのはこの美しいブルーの瞳と、僕たちが祭壇で誓いを立てた場面だけなんだ……」ロレンツォはアンジーの顎をてのひらで包んだ。僕のものだと言わんばかりに指が肌に触れる。「なぜなら、僕たちはまだ終わっていないからだよ。僕たちは永遠に終わることはない」

アンジーの鼓動は乱れ、胸を締めつける痛みが魂まで達するかに思えた。「お願いだからやめて」声を絞り出すように言った。「さっきまで脅していたかと思えば、そんなわけのわからないことを言いだして……」

ロレンツォが頭を下げ、二人の吐息が混じり合う。「僕に対してなんの感情もないと証明してくれ。僕が間違っていると証明してくれよ。そうすればおとなしく身を引く」

「冗談じゃないわ」

アンジーの言葉におかまいなしに、ロレンツォの唇が唇に触れた。ささやきのような軽いキスに、全身の細胞がいっきに目覚める。

彼女は目を閉じた。こらえるのよ、アンジー。関心がないことを見せつけてから立ち去ればいいわ。

ロレンツォの手がアンジーの背中に回り、背骨に大きなてのひらが押し当てられた。その熱が体に伝わり、決して癒えることのない傷口を撫《な》でる。頭の中で警報が鳴りはじめ、今すぐやめなさいと命じた。大丈夫、やめられるわ。もう終わりだってことを彼に思い知らせるのよ。

限りなくやさしい感触でロレンツォの唇が触れてくる。今日限りで終わりにするのだと心に決め、アンジーは微動だにせずにこらえていた。すると、ロレンツォが彼女の顎をつかむ指に力をこめ、顔を仰向かせてキスを深めてきた。甘い感覚に酔いしれそうになり、頭の中の警報がさらに大きく鳴り響く。

「ロレンツォ……」

ロレンツォは舌をアンジーの下唇に這わせた。エロチックで親密なそのしぐさに刺激され、喜びが波動のように全身を駆けめぐる。頭がぼんやりし、胸がうずき、指はいつのまにか彼のTシャツをぎゅっと握りしめていた。ロレンツォは再び舌を使って柔らかな彼女の唇を、自分のものだと言わんばかりになぞった。アンジーは身を震わせた。

ロレンツォが唇の合わせ目を舌でたどり、開くように要求したとき、アンジーは官能の波にのまれて、ただ従うことしかできなかった。ロレンツォはごほうびに、思わず爪先を丸めてしまいそうになるほど熱いキスをくれた。アンジーは喉の奥でうめき、必死に彼にしがみついた。

ロレンツォがアンジーの背中に当てた手を下へすべらせていく。やがてその手がヒップをつかんだ。キスは欲望をあからさまに伝える激しいものへと変わっていく。アンジーは思わず下腹部を彼の高ぶりにすり寄せた。そのたくましさに、血がわきたった。

そのとき突然、頭に氷水を浴びせられたかのように現実が降ってきた。アンジーはあわててロレンツォの胸を押しのけ、キスで唇を腫らしたまま、あえぎながら彼を見あげた。

どうしてこういうことになるの？　なぜ許してしまったの？

「あなたなんて嫌い」息を荒くして言った。

「大嫌いよ」

ロレンツォが唇をゆがめた。「その点は僕も同じだ。ときどき君が憎らしくてたまらなくなるときがある。問題は、僕たち二人とも、そうじゃない時間もあるということだろうな」

アンジーはかぶりを振りながらあとずさった。そして彼に背を向け、椅子に置いたバッグを手に取ると、そのまま振り向きもせずにドアをめざした。

私はいったい何をしてしまったの？

3

『ニューヨーク・デイリー・バズ』

〝社交界騒然！〟

新進気鋭の宝飾デザイナー、アンジェリーナ・カーマイケルと州検察官候補のバイロン・デイヴィッドソンは、二週間前に盛大な婚約披露パーティを開いたにもかかわらず、どうやら婚約を解消したもようだ。

バイロンは今回の別離のせいですっかり落ちこんでいるというのがもっぱらの噂《うわさ》。

ということは、ふったのはアンジー？

そうなると、別れの原因はアンジーの元夫でセクシーな企業買収家のロレンツォ・リッチなのかと勘ぐらずにはいられない。二人は先週、〈テンペスタ・ディ・フォーコ〉で食事をする姿が目撃されている。二人の短くも激しい結婚生活は、このコラムにたくさんのおいしい話題を提供してくれた。

元来もて男のロレンツォは、アンジーと別れてからすっかり女っけがなくなっており、彼女が原因なのではないかとの憶測も飛び交っている。

リッチ夫妻ははたしてよりを戻すのか？

なんなの、これは？ アンジーは工房のコーヒーテーブルに下品きわまりないタブロイド紙を放り投げた。この人たちは他人の噂話をする以外にすることがないのかしら？ バイロンが今どんな心境でいるかと思うと胸が痛む。噂は、乾いた木々をなめつくす森林火災のように街じゅうに広がっている。

バイロンと最後に会ったのは、ロレンツォと対決した晩の翌日、婚約指輪を返しに行ったときだ。夫とのキスのせいで、バイロンと結婚することはできないと思い知らされた。仮に何かの奇跡が起きてロレンツォが離婚を承諾したとしても、これまで彼になんの未練もないと自分に言い聞かせてきたのはすべて偽りだったと気づかされてしまったのだ。

アンジーは情けなさに唇をゆがめた。婚約披露パーティの晩、落ち着かない気分だったのは、これが原因だったに違いない。堅実な性格で知性の塊のようなフィアンセを愛しているのだとどんなに思いこもうとしても、心の底では、ジェットコースターのようなロレンツォとの結婚生活を懐かしんでいたのだろう。感情を極限まで高ぶらせることのできるロレンツォを忘れるなんて、しょせんは不可能だったのかもしれない。

工房の上階のアパートメントで作業中の引っ越し業者が、アンジーの最後の荷物を運び出す音がした。ようやく勝ち得た自立が、根こそぎ奪い去られてしまうような気分だ。

しかし、父と話した結果、ロレンツォの申し出を受ける以外に道はないとわかった。父は、結婚生活を修復するようにと助言しただけだった。そもそもあの家を出るべきではなかったのだと。

投資家や銀行はカーマイケル社の最近の業績悪化を見て、すっかりおじけづいている。それでも資金をかき集めて回るようなことは、父のプライドが許さない。つまり、私がなんとか解決しなければ、義弟のジェームズや妹のアビーが会社を継ぐ前に、カーマイケル社はこの世から消え去ってしまうということだ。

アンジーはカップを手に取り、湯気の立つコーヒーを飲んだ。アビー一人に母の面倒を見させている状態もなんとかしなければならない。私はもう生活を立て直し、強さも身につけた。そろそろその責任を肩代わりして、妹に自由な人生を歩ませてあげるべきだ。

そう自分に言い聞かせつつも、胸をわしづかみにする不安から逃れることはできなかった。このところ、怒りのあまり毎晩よく眠れず、目の下には隈《くま》が居座っている。ロレンツォが私の家族を利用して結婚生活の修復を迫ってきたのを見れば、その意図は明らかだ。彼にとってこれは、ほかのすべてのことと同様、権力争いなのだろう。私に跡取りを産ませたい、だから呼び戻す。彼にとっては単純な話なのだ。

私に対してなんらかの感情があるわけではない。二人の関係をもう一度やり直したいという切実な思いがあるわけでもない。私のことを所有物とみなし、ただ取り戻したいというだけなのだろう。

アンジーはカップをソーサーに置いた。そうなら、こちらもそれなりの覚悟を決めなければ。自分のやり方を貫こう。以前のようにロレンツォに圧倒されて、主導権を渡すようなことは絶対にしてはならない。せっかく築きあげた自立や自由を犠牲にするのも、彼の心ない態度に傷つけられるのももうたくさん。

そう、ルールを決めるのはこの私。

そう自分に言い聞かせると、引っ越し業者が出ていったのを機に作業台に戻った。そして怒りをエネルギーに変え、仕事に没頭した。来るファッションウイークのアレクサンダー・ファジーニのショーで使われるジュエリーを二点ほど仕上げたとき、腕時計は午後七時を示していた。しまった。ロレンツォと夕食をとるはずの時間だ。ペントハウスで再び過ごす最初の晩にもかかわらず、三十分ほど遅刻することになりそうだった。

「調子はどうだい？　まだ法的な手続きで足踏みしているのか？」

「ああ」ロレンツォは携帯電話を耳と肩にはさみ、一週間が終わったことを祝してウイスキーをついだ。「マルコ・バヴァロとまだ細かい点を詰めなければならない。彼にはちょっと一筋縄ではいかないところがあってね」

「そうか」フランコが愉快そうに応じた。「親父《おやじ》がどんな顔をするか楽しみだな。リッチ社を世界一の高級ホテルチェーンオーナーの地位に高めたとなれば、さすがの親父にもなしえなかった偉業だ。兄さんに超えられたと思ったら、心中穏やかじゃないはずだよ」

ロレンツォはにっこりした。すでに引退し、ほかのいくつかの会社の役員の座についている父は、激しい競争心の持ち主だ。競う相手には二人の息子も含まれている。強烈な個性の父と闘うため、ロレンツォとフランコの結束はなおさら強まった。フランコはミラノに本拠地を置いて海運会社を経営し、ロレンツォはニューヨークからほかのすべての事業を統括している。

「だからって親父は、世間から忘れられる心配はない。今まで十分に業績を残してきたんだから」ロレンツォはグラスを口に運び、炎のような酒が喉を駆けおりる感覚を味わいながら尋ねた。「それで、体外受精《IVF》の結果はいつになったら教えてくれるんだ？　また親父経由で聞かせるつもりか？」

小さく罵り言葉が聞こえた。「親父がフライングすることくらい、予想すべきだった。いちばん最後の施術の結果は今日わかったんだよ。兄さんにははっきりしてから話すつもりだったんだ」

「そうだろうと思っていたよ」ロレンツォは言葉を探した。「それで、結果は？」

「失敗だ。この先も見込みはないと言われた」

ロレンツォは胸が締めつけられた。「残念だ。おまえとエレーナがどれほど強く望んでいたか、知っているからな」

「まあ、しかたない」

弟の少しかすれた声を聞き、胸が張り裂けそうだった。距離的な隔たりはいつも寂しいものだが、こういうときはとくに身を切るナイフのように感じられる。「エレーナはどうしている？」

「あまり芳しくないな。僕が原因の可能性も十分あると言っても、自分のせいだと落ちこんでいる」

　赤ん坊を亡くしたときの痛みがよみがえり、ロレンツォは目を閉じた。定期検診で母子ともに健康だと確認されてからわずか一週間で、アンジーは突然赤ん坊を失った。人は、何かを失って初めて、それがどれほど大切だったかを知るものなのだろう。

「彼女を支えてやってくれ」ロレンツォは静かに言った。自分には果たせなかったことだ。

　フランコが大きく息をついた。「養子をもらうかもしれない。まだよくわからないが。大きな決断だからな」

「そうだな。ゆっくり時間をかけて考えるといい」

　少し間があってから、フランコが探るような口調で尋ねた。「アンジェリーナと復縁するのは……タイミングから考えて……」

「そのせいじゃない。まあ、理由の一つではあるが、アンジェリーナと僕の関係はまだ終わっていないと気づいたんだ」

「彼女は兄さんのもとを去ったんだぞ。それ以上に、終わっていると言える状態はないんじゃないのか？」

ロレンツォは痛いところを突かれて顔をしかめ、額に手を当てた。「結婚生活が終わったのは、この僕にも原因があったんだ。知ってのとおり、亡霊を背負っているからな」

「確かに。だが、彼女のせいで兄さんは変わった。彼女が去ったあと、心を閉ざして、以前のように人を信じなくなった。まるで人が変わったみたいだった」

フランコの言うとおりだ。アンジーは子供を亡くしたあと、家を出ていくときに、僕の一部を一緒に持ち去ってしまった。ようやく取り戻しはじめていた人生や愛というものに対する信頼も、彼女との間に芽生えはじめていた絆《きずな》も、苦い言い争いによってかき消され、その苦々しさは永遠に消えないのではないかと思えた。しかし、時間とともにルチアを亡くした悲しみが癒えていったように、自分の反省すべき点も明らかになった。アンジーにだけ責めを負わせるのは不当だということがようやくわかったのだ。

「アンジーはまだ若かった。成長する時間が必要だったんだ。今度こそ、必ずうまくいかせてみせる」

「さもなければ、家が崩れるまで闘い抜くかだな」弟が皮肉混じりに言った。

ロレンツォは間近に迫った母親のバースデーパーティについて尋ね、二人でしばらくたわいもない話をしたあと、通話を切った。そしてバーカウンターにもたれ、酒をちびちび飲みながら、妻が帰ってくるのを待った。

自分がリッチ家の跡取りを作らなければならないという衝撃は、当初よりだいぶ薄らいでいる。義務に縛られているという感覚もなく、父の命令によって過去を書き換えるための動機を与えられたような気がしていた。

ルチアを亡くしてから女性とは縁のない生活を続けて二年が過ぎたある日、ロレンツォはナッソーでアンジーに出会った。相変わらず妻を守れなかった罪悪感を抱え、悪魔に憑《つ》かれたような状態だった。だが、アンジーがテラスに姿を現したとき、ビジネス上の知り合いと話していた彼は、雷に打たれたような衝撃を覚えた。

恋に落ちるのに必要なのは、ダンス一曲だけだった。アンジーの豊満な曲線をてのひらに感じているうち、いつのまにか自分のほうが誘惑する側に回って、彼女を人けのない庭へと連れ出していた。それは、かつて経験したことがないほど激しい衝動だった。カーマイケル家の別荘の客用寝室へ二人でなだれこむころには、欲望はすでに大火のごとくに燃えあがっていた。決して抜け出せないと思っていた悲しみの淵《ふち》から、アンジーが救い出してくれたのだ。

ロレンツォはグラスを口に運びながら、唇をゆがめてほほえんだ。あの情熱のひとときがやがて泥沼の離婚劇へと発展するとは、夢にも思わなかった。若い妻と協調できるのはベッドの中だけだった。そこで二人は、すべてのいさかいを解決していたのだ。

時計のチャイムが七時半を知らせた。当初は上々だった機嫌もすっかり雲行きが怪しくなっていた。ほどなくしてエレベーターのドアが開き、妻が颯爽《さっそう》と現れた。きらきらした飾りのついたペザント風ブラウスと黒のカプリパンツ。髪はポニーテールにまとめ、化粧っけはまったくない。彼女はロレンツォにとって今も変わらず最も美しい女性だった。

「忙しかったのかい？」腹立たしさを抑え、ロレンツォはのんびりした口調で尋ねた。

アンジーの頬は薔薇《ばら》色に染まっている。

「ええ、ショーに出す作品を何点か仕上げなくちゃならなかったの。遅くなってごめんなさい」

悪いなんて思っていないくせに。そう考えつつも、大目に見ることにした。せっかくの新しいスタートだ。これまでは彼女を追いこむようなまねをしてきたのだから。「着替えてくるといい。コンスタンツァが君の荷物を整理しておいてくれた。ディナーはオーブンに入っているそうだ。まだしばらくは温かいだろうから、食前に一杯やる余裕もある」

アンジーが不穏な目をして口元を引き結ぶと、バッグを椅子に放り投げてロレンツォの横を急ぎ足で通り過ぎようとした。

「アンジー？」

彼女が振り向く。

「結婚指輪をはめるんだ」

アンジーは顎を上げた。「ずっとその調子で行くつもり？　前みたいに逐一命令すれば、私が従うものと思っているのかしら？」

「既婚者は結婚指輪をはめるものだ」ロレンツォは左手を上げた。シンプルな金色の結婚指輪が光を受けて輝く。

アンジーは表情をこわばらせ、くるりと踵《きびす》を返すと、廊下の先へ消えていった。キッチンに戻ってきたとき、彼女はヒップがぎりぎり隠れる丈のクリーム色のチュニックと黒のレギンスに着替えていた。ロレンツォにしてみれば残念な装いだった。彼女の豊かな曲線を想像で補わなければならない。

「酒でも飲むかい？」彼はバーカウンターに歩み寄った。

「ミネラルウォーターをお願い」

早くも臨戦態勢か？　ロレンツォはミネラルウォーターをつぎ、ライムのスライスを浮かべると、アンジーのいるテラスへ運んでいった。眼下のセントラル・パークは、いくつものランタンで照らされている。

ロレンツォはアンジーにグラスを渡した。彼女はサファイアの婚約指輪と結婚指輪を並べてつけていた。「ショーとは？」

アンジーがきょとんとした。「え?」

「誰のショーのための作品なんだ?」

「ああ」彼女はグラスを受け取った。「アレクサンダー・ファジーニよ」

「たいしたものだ」

アンジーが片方の肩をすくめた。「友達が紹介してくれたの。彼は自分の服に私のジュエリーがよく合うと思ってくれたみたい。光栄だわ」

「僕もコレクションを見てみたいな」

「あなたが?」アンジーが美しいブルーの瞳をロレンツォに向けた。「まさか。ただ興味があるふりをしてくれているだけでしょう」

「アンジェリーナ」ロレンツォはうなるように言った。

「そう思うのも当然じゃないかしら」アンジーが挑むように顎を上げた。「私の仕事なんて〝趣味に毛が生えたようなもの〟だったのが、たまたまうまくいっただけなんだから」

ロレンツォは彼女をまっすぐに見た。「この街で始まる新しい事業のうち四分の三は、一年ももたずにつぶれる。それを考えれば君の事業は大成功だ。僕も誇りに思うよ。だが、始めた当初は、そこまでうまくいくとは思えなかった」

「私に才能があるとは思えなかった? たとえあなたが育てて、育ててくれても?」

アンジーの傷ついたような表情を見て、ロ

レンツォはため息をついた。「君に才能があるのはわかっていたが、妻には家にいてほしかった。子供も生まれるはずだったしね」

「子供を亡くしてからも同じ調子だったわ。私は何か気をまぎらすものが欲しくて必死だったのに」

ロレンツォは唇を引き結んだ。「僕はもっと君を支えるべきだった。それは間違いない。だが、生活のためには誰かが稼がなければならなかった。君にはしっかり家を守ってほしかったんだ」

「仕事がなかったら、私はしっかりしてなんかいられなかった。正気が保てなかったのよ」アンジーは緑の公園を見おろした。

ロレンツォは外灯に照らされたアンジーの華奢《きやしや》な顎を眺めた。そして、頑固そうに引き結んだ唇を。おそらく彼女には僕の知らない部分が数多くあるのだろう。今まではそれを知ろうと努力することもなかった。

「何が君の正気を奪おうとするんだい？」

アンジーがまた肩をすくめた。「私の人生のすべてのことが」

ロレンツォは眉をひそめた。名家の出であるということが何を意味するか、彼自身もよくわかっていた。カーマイケル家がアメリカの王室のようなものなら、リッチ家はイタリアの貴族のようなものだ。常にマスコミに追い回されるだけでなく、家業をいっそう盛りたてるよう周囲から期待されるプレッシャーは相当なものだ。それでも、いったい何が妻をそこまで追いつめているのか、今までまったく理解していなかった。

「何がそんなにいやなんだい？　カーマイケル家の一員であることの何がそんなに大変なのかな？　お父さんと衝突することが多かったのは知っている。お父さんの浮気についてマスコミに騒ぎたてられたときは、君もつらかっただろう。だが、君を見ていると、それだけではないように思える」

アンジーが皮肉っぽい光を瞳に宿らせ、彼のほうを向いた。「それだけで十分じゃない？　父が浮気を繰り返したせいで、母は立ち直れないほど傷ついたのよ」

「そうだろうな」ロレンツォはうなずいた。「僕の父は母を女神のように崇《あが》めている。自分の父親が母親を軽んじているのを見るのがどれほどつらいか、僕には想像もつかない。ずっと連れ添って支えてくれる相手を」

アンジーが目を伏せた。「あなたは世間の人たちと同じ、うわべしか見ていないのね。完璧なカーマイケル家の表面を一枚はがせば、中は欠陥だらけなのに」

「だったら、ちゃんと話してくれ。僕にもわかるように」

「家族のことだもの。信頼を裏切るようなまねはできないわ」

「君は僕の妻じゃないか。僕を信用して打ち明けてくれてもいいはずだ」アンジーの唇は相変わらずきつく引き結ばれている。ロレンツォは思わず悪態をついた。「まずはそこから修正しなくては。君の中に僕の知らない部分が山ほどあるのに、どうやったら幸せな結婚生活が送れるんだ？」

「あなたの中に私の知らない部分が山ほどあるのと同じね」ブルーの瞳がグレーに陰り、その奥に嵐が吹き荒れている。「精神的な親密さは、そう、信頼は、ボタン一つ押せば簡単に得られるようなものじゃないわ。私との間にそういう関係を築きたいのなら、あなたからまず模範を示してくれなくちゃ」

アンジーが正しいことはロレンツォにもわかっていた。ルチアの死後、感情を麻痺《まひ》させ、何も感じないようにして生きる癖がついてしまっている。だが、それを自分で認めるのは容易なことではない。

「いいだろう《ベーネ》」ロレンツォは腕を広げた。「今から僕は開かれた本だ。どんなことでも遠慮せずにきいてくれ。だが、忘れないでほしい。大事なのは二人でコミュニケーションを取る方法を学ぶことだ。ベッド以外の場所でも」

アンジーのまっすぐな視線を浴び、全神経が騒ぎはじめた。これまで何度も試して十分効果が約束されている最強のコミュニケーシヨン手段を使いたくなるが、今はそのときではない。たった今彼女に約束したことをきちんと守らなければ。

そろそろ話題を変えたほうがいいと判断し、ロレンツォは言った。「今度の連休に、ハンプトンズでパーティを開いてはどうかと思うんだ。ベルモント社の社長、マルコ・バヴァロはハンプトンズに別荘を持っている。少し彼の機嫌を取っておきたいんだ。同時に、僕たちが復縁したことを公にして噂を鎮めるいい機会でもある」

「労働者の日《レイバー・デー》の週末はみんな忙しいわ」

「どうせ誰もが避暑地で知り合いのパーティを一巡するんだ。一箇所立ち寄る場所がふえたところでどうってことないだろう」

「アレクサンダーのショーのために、あといくつか仕上げなくちゃならないの。彼が実際に合わせてみて、しっくりこなかったらやり直す必要も出てくるし……」

「その週末だけだ。それ以外、とくに差し迫った用事もない」ロレンツォはウイスキーのグラスをアンジーに向かって掲げた。「妥協することを学ぶいい機会だ。君も僕も少しずつゆずり合えばうまくいく」

「わかったわ」アンジーがしぶしぶ同意した。

「その調子だ。ジリアンにプランをまかせているから、彼女に君のほうの招待客リストを渡しておいてくれ。残りは全部、ハンプトンズのスタッフがやってくれる。君はただ当日会場に来ればいいだけだ」アンジーは不機嫌な表情のままだ。ロレンツォはなけなしの忍耐力を発揮して続けた。「ぜひ君の家族も招待してほしい。君とご両親の間に何があったにせよ、きちんと解決すべきだ。ちょうどいい機会じゃないか」

「いやよ」アンジーがぴしゃりと言った。ロレンツォが眉を上げると、彼女は言い訳をした。「先週会いに行ったばかりだし、私の家族はもう夏場はハンプトンズには行かないの」

「招待すればきっと来てくれる。僕は君のお父さんの事業にも関わっているんだから、来ないほうが不自然だ」ロレンツォはウイスキーを一口飲んでから続けた。「両親といえば、僕の両親がパーティの翌週の週末に訪ねてくる。自分たちのアパートメントに滞在するが、一晩だけ夕食に招待したい。ジリアンと相談して、君の都合のいい日を決めてくれ」

アンジーがいっそう沈んだ表情になった。

「なんて話してあるの、私たちのこと？」

「お互い精神的なつらさから安易に別れを選んでしまったが、もう一度やり直すことにしたと言っておいたよ」

「あなたが私を追いつめてもう一度妻になるように仕向けたことは、あえて伝えなかったということね」

「僕としては君を追いつめたというより、双方の利害が一致したものと考えているがね。僕たち二人とも、この結婚をうまくいかせなければならない動機があるというわけだ」ロレンツォは、挑むようににらんでいるアンジーの顔を見た。「僕たちはお互いに約束したんだ。君に誠心誠意この結婚に向き合ってほしいと言ったのは僕の心からの願いだ。だが、慣れるまで時間がかかるということも理解している。それでもある程度の期間が過ぎたら、それなりの協調性を発揮してくれることを期待している。ずっとその調子でいられては困るんだ」

協調性を発揮しろですって？　テラスでほとんど無言のうちに緊張みなぎる夕食の時間を過ごしたあとも、アンジーはまだいらだちがおさまらなかった。ことごとくロレンツォの命令に従えということらしい。このぶんでは、夫と過ごすより、夫の秘書と過ごす時間のほうが長くなりそうだ。

ロレンツォは仕事が残っているからと書斎にこもっている。アンジーはゆっくり入浴してから先に寝ることにした。コンスタンツァが広々とした主寝室に荷物を片づけてくれていた。優秀な家政婦は、アンジーがこの家を出たことがまるで嘘《うそ》のように、すべてを元どおりにおさめてくれた。

ランジェリーがおさめられた引き出しを開けてナイティを取り出す。真珠の飾りのついたブラシがドレッサーの以前とまったく同じ場所に置かれているのも、なんとも妙な感じがした。混乱にめまいさえ覚えつつ、アンジーは薔薇の香りのするバスタブに入り、泡立つ湯に耳までつかってようやく一息ついた。

それにしても荷物が主寝室に置かれているということは、ロレンツォはベッドをともにすると決めているのだろうか？　ふとそう思ってから、あわてて別のことを考えて気をそらそうとした。そう、たとえば、なぜ薔薇の香りのバスソルトがここにあるのかとか……。

コンスタンツァが気をきかせてくれたのか、あるいは、ロレンツォが付き合っていた女性のものなのだろうか？　ロレンツォは精力旺盛な男性だ。彼のほうもすでに離婚したものと思っていたのだから、タブロイド紙に書かれているように、ずっと女性との付き合いがなかったとはとうてい思えない。

〝ほかの女性と会っていても、君が頭から離れない〟――彼の言葉を思い出し、アンジーの心は沈んだ。つまり、ほかの女性と付き合っていたということだ。私が二年間ロレンツォを思いつづけて悲しんでいたように、彼のほうも私を思いつづけていたなんてありえない。私はバイロンに強引に迫られるまで、デートの一つもしたことがなかったのに……。

夫がほかの女性と一緒にいるところを思い浮かべただけで、胸が張り裂けそうだった。アンジーはさらに泡の中に沈みこみ、目を閉じた。最初のころは二人とも幸せいっぱいだった。それが何よりも悲しく思える。ひょっとしたらずっと幸せでいられたかもしれないのだから……。

避妊具の破れがもたらした思いがけない結果を、ロレンツォはあっさり受け入れ、アンジーの母が企画した盛大な結婚式にも喜んで賛成した。彼にしてみれば、ビジネス上も得るところの大きい結婚なのだろうとアンジーは思ったものの、彼にあまりにも夢中で、そんなことは気にならなかった。

二人は新婚の二、三カ月を、夢の中にいるような状態で外界から隔絶されて過ごした。ロレンツォに激しく求められると、自分が彼にとってこの世で誰よりも大切な存在なのだと思えた。感情を殺して生きなければならなかった子供時代以来、自分は愛されない存在なのだという感覚が染みついていたが、それさえも少しずつ消え、心の傷が癒えていくかのようだった。生まれて初めて、自分は欠陥品ではなく、愛情に値する人間だと感じられた。何年もの間、自分には縁がないと思えていた幸せというものに、ようやく手が届いたような気がした。

しかし、やがて現実が二人の間に割りこん

できた。リッチ社に派手な買収計画が持ちあがり、ロレンツォがそれに没頭するようになって、二人で作りあげた繭のような心地よい空間も、あわただしさに毒されてしまった。

ミセス・ロレンツォ・リッチであるということは、週に何度も彼の取り引き相手をもてなすことなのだと、アンジーは思い知らされた。妊娠中の彼女は疲労困憊《こんぱい》し、今にも倒れそうだったが、ロレンツォはあまりにも多忙で、そのようすに気づいてはくれなかった。

忙しさが頂点に達したとき、赤ん坊を流産した。すっかり気持ちが遠ざかっているように思えた夫は、完全に殻に閉じこもり、まるで他人のように見えた。にもかかわらず、彼は二人の結婚がうまくいかなかった原因は、アンジーがルチアの存在にこだわっていたからだと言った。

湯が冷めはじめ、アンジーは身震いすると、バスタブから出てベッドに入る支度をした。ナイティを身につけて美しいクロム製の四柱式ベッドの前に立ったときには、すでにまぶたが半分閉じかけていた。

あまりにも多くの思い出がいっきによみがえり、その痛みに息もできなくなった。いつしか熱い涙がこみあげていた。やっぱり無理よ。二年間の空白がなかったかのように同じベッドで眠るなんて、とてもできそうにない。

そこで廊下の先の客用寝室へ行った。穏や

かな色調でまとめられた部屋には、主寝室が象徴するような痛みは感じない。シルクの上掛けをはぎ、その下にすべりこむと、安らぎに身をゆだね、ものの数分で眠りに落ちた。

宙に浮かぶような感覚にアンジーは目を覚ました。かすんだ目をしばたたいても、相変わらず真っ暗だ。そのとき、自分が力強い腕に抱かれているのに気づいた。体温と、なじみのあるスパイシーな香り。ロレンツォ……。

アンジーは反射的に彼の胸板に手を当て、目を開けた。引きしまった顎の線が見える。黒い瞳は薄明かりの中でダイヤモンドのような輝きをたたえている。

「な、何をしているの？」アンジーが問いかけても、ロレンツォはかまわず主寝室へ入っていく。

そして、アンジーをどさりとベッドに下ろした。「時間なら好きなだけやるが、君が寝る場所はここだけだ。僕たちは前に進むために復縁した。あと戻りするためじゃない」

アンジーはマットレスに手をつき、上半身を起こした。「ここでは……」言いよどみ、唇を舌で湿した。「このベッドでは眠れないの。思い出が多すぎて。あまりにも――」

「忘れたいことが多すぎると言いたいのか？過去と向き合わずに、忘れようと言うのか？」ロレンツォが険しい口調で言い返した。

彼の怒りの表情を見て、アンジーの鼓動は速まった。「何をそんなに怒っているの？」「君はベッドにいなかった」彼がぶっきらぼうに言った。「どこに行ったかと思ったよ」

ロレンツォは私がまた出ていったと思ったのだ。あのとき、彼のもとを黙って去るのは間違っていると気づくべきだった。でも、二十三歳の私は精神的に大人になりきれていなかった。泥沼と化した結婚生活にどう対応したらいいか、まったくわからなかったのだ。問題に正面から取り組むこともできず、ただ彼のもとを去って、一カ月間カリブ海の祖母の家で過ごした。あのときの自分の過ちは今も深く恥じている。


「ごめんなさい」アンジーはそっと言った。「あんなふうに突然出ていったのは間違いだったわ。あのときはああするしかないと思い詰めていた。本当の自分自身を見つけたい一心だったの。でも、正しい判断じゃなかったのは、今ならわかるわ」

ロレンツォは彼女をじっと見つめたままシャツのボタンをはずしはじめた。「それで、探し物は見つかったのかい？」

「ええ」アンジーは両手を組み、指に輝くサファイアに目を落とした。「見つけたわ、私自身を」

「それはどんな女性なんだ？」

「毎晩ベッドでスケッチブックにペンを走ら

せる女よ」アンジーは静かに答えた。「翌朝目覚めると、それを作品にするの。私の語る物語を、誰かが美しいと感じてくれることを願いながら。そうして生きることに、安らぎを感じるの」

ロレンツォはしばらく黙ってアンジーを眺めていたが、やがてシャツのボタンの残りをはずしはじめた。見ていてはいけないと思いながらも、アンジーは視線をそらせなかった。まだ眠りから覚めきっていないぼんやりした頭は、麻薬を求めるように彼の姿を見ることを要求してくる。引きしまった筋肉の隆起の一つ一つ、ズボンのベルトの中へと続いている V字形の毛の流れに至るまで……。

頬のほてりを感じ、枕に頭をもたせかけた。ロレンツォの体はいくら見ても見飽きない。そして、目にするたびに頭がぼんやりしてしまう。

なんとか気をそらそうと天井を見あげ、さっきからずっと気になっていた質問を口にした。「前に言っていた、あなたが会っていた女の人たちだけど……彼女たちとはベッドをともにしたの？」

ロレンツォは脱いだシャツを丸め、怒りにまかせてランドリーバスケットに投げ入れた。彼の中の傷ついた部分は、真っ赤な嘘をついて、アンジーが心の痛みにひるむところを見たがっていた。彼女は婚約者と楽しくやっていたかもしれないが、こっちはたった一人ベッドをともにした女性とも悲惨な結果に終わったのだ。だが、彼は思いとどまった。一時の感情にまかせてよけいなことを口にしたら、その言葉はこの先ずっと二人について回るだろう。

ベッドのアンジーの隣に膝をつき、静かに言った。「その話はやめておいたほうがいい。前に進もうと約束したじゃないか」

アンジーが顔をしかめた。「私は知りたいの」

ロレンツォは息をのんだ。彼女のほうも同じように傷ついていたということなのか？

「一人だけだ」抑揚のない声で言った。「その女性が誰かは、君に話すつもりはない」

「どうして？」

「知る必要がないからだ」

アンジーが苦しげに目を閉じた。

ロレンツォの血管を熱い血がめぐった。シルクをまとった妻の体をまたぐように膝をつき、彼女の頭の両側に手を置いた。「アンジェリーナ」彼女が目を開ける。「君がきいたんだぞ。ついでだから言うが、僕たちの友人、バイロンのことも忘れるなよ」

アンジーのまつげが頬に影を落とした。

「バイロンとは一線を越えていないわ。待つことにしたの」

ロレンツォは驚き、体を起こした。「待って何を?」

「結婚するまで」

「なのに君は彼とベッドをともにしているかのように思わせたのか。たしか、ベッドでは何一つ不満はないと言っていただろう?」

氷のようなブルーの瞳がロレンツォをにらみつけた。「あなたに脅されて復縁を迫られていたのよ。あやまる気はないわ」

ロレンツォはどう反応したらいいかわからなかった。妻が今でも自分だけのものだと思うと、言葉にできないほど満ち足りた気分になる。ひょっとしたら彼女も僕のことが忘れられなかったのか?

視線をアンジーのふっくらした唇に向けた。それから、ナイティの襟ぐりからのぞいているなめらかな肌に、裾がめくれてあらわになった腿にと……。耐えがたいほどの誘惑だ。ロレンツォの体は痛いほど彼女を求めていた。

「どいて」そう言われて、アンジーの紅潮した顔に注意を戻した。

ロレンツォは口をゆがめて笑った。「どうしたんだい? 心の壁に迫られるのが怖いのか?」

アンジーが挑むようににらみ返す。「あなたこそ、壁を壊されそうで怯《おび》えているんじゃない?」

「いや、僕はもう心を開くと決めたからね」

ロレンツォは余裕たっぷりの笑みを見せ、彼女の耳元に唇を寄せた。「僕たち二人とも、開かれた本のように心を見せ合うんだ。たとえそこに書かれているのがどれほど残酷な真実だろうと」

それからロレンツォは、怒りに顔を赤らめるセクシーな妻の上から下り、バスルームへ行った。熱いシャワーを浴びながら、ふと自問した。彼女がおまえに対して行使できる力の強さを、過小評価しているんじゃないのか？　そのせいで、二人ともまた大きな痛手を負うことにならなければいいが……。

4

ハンプトンズでのパーティまでの一週間、アンジーはロレンツォと顔を合わせることをできる限り避けつづけた。とにかく、初日の寝室でのような危うい場面を作らないようにするのが得策だ。大きな買収を控えたロレンツォは当然のことながら多忙で、その作戦は見事に功を奏するかに思えた。

だが、一つだけ問題がある。ロレンツォは、夕食は必ず二人でとると言い張った。もしも仕事が残っていたら、夕食後に片づければいいと。結婚生活をうまくやっていきたいという彼の意思はどうやら本物のようだ。二人は食卓で一日の出来事を報告し合い、おおむね分別のある大人としての節度を保っていた。ロレンツォはそのあと書斎にこもって朝まで仕事をすることが多く、結果的にアンジーの理想どおりの生活が続いた。

だが、今夜はそうもいかない。ロングアイランド島の最東端に位置する保養地イーストハンプトンの別荘の窓辺に立ち、美しい夕日が空を染めるのを眺めながら、アンジーは観念した。夫との一発触発の事態も、これまで必死になって葬り去ろうとしてきた過去も、今夜ばかりは避けて通ることができないだろう。今夜二人はこの海辺のヴィラで、上流階級の人々をもてなさなければならない。ゴシップに飢えた連中が舌なめずりして押しかけると思うと、すぐにも逃げ出したかったが、ジリアンが出した招待状に多数の出席の返事が来ている今となっては、どうすることもできなかった。

アンジーはブルーグレーのシネコック湾を優美なヨットが横切るようすを眺めた。高く泡立つ波が自分の内なる動揺を映しているように見える。観光客であふれたマンハッタンから離れ、心地よい風に吹かれることのできるこの土地は好きだが、今の時期のハンプトンズはマンハッタン社交界の縮図でもある。

アンジーは口元を皮肉っぽくゆがめた。排他主義、激化する競争、風向きを見ては自在に変わる当てにならない同盟関係。母デラ・カーマイケルも人間関係によって完膚なきまでに打ちのめされた一人だが、それでも自分を傷つけた人々と付き合いつづけなければならなかった。アメリカで企業帝国を率いるということは、逃げ場のない苦行でもある。

母は、アリステア・カーマイケルが今度はどのアシスタントに手を出したかという噂《うわさ》に行く先々で追い回され、自分の世界が音をたてて崩れそうになっても、カーマイケル家のほかのメンバーと同じようになんとか踏みとどまり、聞こえないふりをしつづけた。そして、男性が財力や権力にまかせて若いブロンド女性をはべらせるのは上流社会ではよくある話なのだと、自分に言い聞かせつづけた。

アンジーは汗のにじむてのひらでクランベリーレッドのシルクのドレスを撫《な》でつけながら、今夜は父の軽率な言動が母を動揺させることにならないようにと祈った。ウェイターとウェイトレスには、いかなる場合でも母にアルコールの入った飲み物を渡さないようにと指示してある。

「そのドレス、なかなかいいね」ロレンツォが背後に現れ、アンジーのウエストに手を当てて振り向かせた。その視線は深い襟ぐりにそそがれている。「もっとも、今夜のパーティに来る男たちがこぞってこの眺めを楽しむのかと思うと、複雑な心境だが」

首の血管がどくどく脈打っているのが自分でもわかった。彼が触れている場所から熱が広がっていく。秘められた危険な場所へと。距離をあけたくて、アンジーは一歩下がった。

確かに、これまで着たことがないほどセクシーなドレスだった。深い襟ぐりから、ほんの少し胸のふくらみがのぞいている。

「アレクサンダーのデザインなの。彼に今夜ぜひ着てほしいと言われたのよ」

「まるで君のためにデザインされたようによく似合う」

ロレンツォの瞳のセクシーな輝きを目にし、アンジーは背筋がぞくりとした。あるいは、シルバーグレーのシャツと黒のズボンという服装が、その黒髪と黒い瞳を引きたたせているからかもしれない。

アンジーが目をそらそうとすると、ロレンツォは彼女の顎に手を添えて自分のほうを向かせた。「朝からずっとようすが変だぞ。どうかしたのか？」

彼女は体を引いた。「なんでもないわ」

「いや、嘘《うそ》だ」いらだちがロレンツォの表情を曇らせた。「社交の席に出るときはいつもそうだ。君はまるでマネキンのようになってしまう。超然として、無表情になる。どうしてなんだ？」

「そんなことないわよ」

「いや、いつも決まってそうだよ」ロレンツォはズボンのポケットに両手を入れ、窓の下枠に寄りかかった。「話すも話さないも君の自由だが、話すまで君のご両親を待たせることになるぞ」

　アンジーはかっとなった。「競ってばかりいるのがむなしいからじゃない？　楽しむつもりなんてぜんぜんなくて、ビジネスの目標を達成することばかり。私も目標達成のためにどれだけ貢献したかで点数をつけられる。あなたの取り引き相手に媚《こ》びを売り、その妻をほめそやす。今夜のターゲットはマルコ・バヴァロよね。達成すべき目標は？　私はどんな作戦で行けばいい？　おどけてみせる？　それとも知的な路線で行く？　そうでなければ色っぽく迫るのがいいかしら？」

　ロレンツォが不満げに目を細めた。「そのドレスでセクシー路線はやめてくれ。だが、これでようやく前に進めそうだな、僕の美し《ベラ》い人《ミーア》。ようやく意思の疎通がはかれた。君がそんなプレッシャーを感じているとは知らなかった。僕にとって、ビジネスのスリルは楽しいものだ。君とは、目標を達成するためのチームだと思っている。それでも、君は君らしくあってほしい。僕が魅力を感じた女性のままでいてほしい。だが……なぜか彼女はこういう席には現れてくれないようだ」

アンジーも窓枠にもたれ、指でその縁をつかんだ。「それはどんな女性？　ちょっと興味があるわ」

「ナッソーで出会ったときの生き生きした女性だよ。彼女はまわりからどう思われてもかまわないほど自信に満ちていた。あの女性はどうしてしまったんだい、アンジー？　あの輝きはどこへ行ったんだ？」

アンジーは目をしばたたいた。私を私でない女に仕立てて輝きを消し去ったのは誰？　気に入らないふるまいをすれば不機嫌になり、妻として落第だと思わせたのはあなたじゃないの。

「なぜ急にそんなことに興味を持ちはじめたのかしら？」

「僕がこれまで理解していると思っていた女性は、意外にも心の奥に傷つきやすい部分を秘めていた。それを解き明かすことが、彼女の行動を理解する鍵じゃないかと思うんだが、なかなか近寄らせてもらえなくてね」

「あなたの思い過ごしじゃない？」

「いや、そんなことはない」ロレンツォは眉間にしわを寄せ、ポケットから手を出した。「僕は以前、あることで悩んだ経験があるが、おかげでいろんなことがわかった。そこから学びたいと思っているんだ」

〝あること〟って、ルチアのこと？　彼が本当に私を知りたがっている、理解したがっているると思うと、今この場で必死にしがみついている超然とした仮面がはずれてしまいそうだった。今夜、社交界の客たちを相手にするには、その仮面が必要なのに……。

「そろそろ行ったほうがいいわ」アンジーは静かに言った。「両親も待っているころよ」

ロレンツォももたれていた窓枠から離れた。

「続きはまたあとで」そう言ってアンジーの背中に手を当てた。その手から力強さが伝わってくる。彼女はごくりと喉を鳴らした。頭の中がどれほど混乱していても、彼に対してどれほど複雑な感情を抱いていても、その手に触れられると、なぜか気持ちが落ち着く。彼に触れられなくなったときにあれほど傷ついたのは、そのせいだったのかもしれない。

プールサイドのテラスは、赤々と燃える松明《たいまつ》に照らされている。二人は外で待つ両親のもとへ行った。イタリア風建築の別荘の明かりが、この庭の目玉であるインフィニティ・プールにそそいでいる。その向こうの海と一体化しているように見える幻想的なスタイルのプールだ。黒い制服に身を包んだウェイターやウェイトレスが配置につき、大理石のバーカウンターにはアイスバケットに入れられたシャンパンがずらりと並んでいる。

アリステアとデラのカーマイケル夫妻は、すでに飲み物を手にし、この日のために手配された地元のバンドの演奏を聴いていた。アンジーは母の頬に形だけのキスをした。銀色がかったブロンドを耳が隠れる長さのボブスタイルにし、パウダーブルーのカクテルドレスをまとった母は、相変わらず優雅さを絵に描いたような姿だ。離れるときに横目でちらりと母の手元を見おろすと、グラスの中身がスパークリングウォーターだとわかり、緊張がいくぶんほぐれた。

「とてもきれいだわ、お母さん」

「ありがとう」母は値踏みするような目でアンジーの全身を見回した。「それはアレクサンダー・ファジーニかしら？」

「ええ」いつもながらのよそよそしいやりとりに、悲しげな笑みが浮かんだ。母と娘はアンジーが十代のころに激しくぶつかり合ったあと、互いに距離を置くことで、なんとか体裁を保つすべを身につけた。母のアルコール依存症が判明した当初は、毎日が戦争のようだった。そして今、形の上では停戦状態を保っているとはいえ、幼いころ大好きだった母を失った悲しみが癒えることはない。

「ロレンツォ」母は次いで婿に注意を向けた。ハンサムな男性だけに見せる女っぽい笑みがその表情をやわらげる。「また会えてうれしいわ」母は彼の両頬にキスをした。「もっともこの二年は、娘よりもあなたに会うことのほうが多かったわね。二人がよりを戻してくれれば、それも改善されるのかしら」

「きっとそうなる」父が前に進み出た。

背が高く、威厳に満ちた姿は相変わらずだ。こめかみのところの髪がわずかに白くなりはじめている。瞳は娘と同じグレーがかったブルーだが、似ているのはそこだけだった。

娘が抱擁を嫌うことを知っている父は、それを省略してロレンツォの手を握った。「アンジェリーナも私が喜んでいるのを知っているはずだからな。ようやく娘は本来の居場所に戻ったんだ」

本来の居場所？　嫌悪感が胸にこみあげてきた。父が傲慢にも自分の経営手腕を過信して、現実から目をそむけたからこういうことになったのだ。娘を捨て駒のように利用しておきながら、良心がとがめることすらないのだろうか？

アンジーの緊張を読み取ったのか、背中に当てられたロレンツォの手に力がこもった。

「僕の両親も来週ニューヨークに来るんです」彼はなめらかな口調で言った。「よろしかったら、お二人も食事に来ていただけませんか？　もう一度絆《きずな》を確認し合うのもいいんじゃないかと思うんですが」

母がすてきなアイデアだと喜ぶ間、アンジーは顔をこわばらせていた。すてきなわけがない。ロレンツォの厳格な母、女帝オクタヴィアを、いつたがはずれるかわからない母と同席させるなんて、無謀にもほどがある。

幸か不幸か、そのとき最初の客が到着し、二人がその件について言い争う暇はなかった。

ロレンツォは妻の背に手を当てながら次々に到着する客たちに挨拶した。今日は皆、運転手付きの車で、パーティからパーティへと渡り歩いているのだ。二人の復縁に関して興味を隠そうとしない客たちを前にして、アンジーはたちまち身をこわばらせ、ベルモント社の社長、マルコ・バヴァロが美しい赤毛の恋人を連れて到着するころには、すっかりマネキンのようになっていた。

マルコとは個人的に親密な関係を築いておく必要がある。ロレンツォはアンジーをどう扱っていいかわからないまま、いらだちをつのらせ、マルコが到着したことを彼女に耳打ちした。「数分でいいから、機嫌よくしてくれないか？　そんなふうに、これから死刑台に連れていかれるような顔をしないで」

アンジーが取ってつけたような笑みを浮かべた。「ええ、仰せのとおりに」

ほほえみが本物であろうがなかろうが、マルコは一目でアンジーに興味をそそられたらしい。赤いドレスに身を包んだ彼女に熱いまなざしをそそいでいる。マルコが女好きという噂は本当のようだ。まあ、血の通った男ならアンジーに魅了されないわけがない。マルコの反応も無理はないと、ロレンツォは思った。

アンジーの腰を抱く手に力をこめながら、彼はマルコに言った。「来てくれてうれしいよ。会議室以外の場所で会いたいと思ってね」

「同感だ」そう応じるマルコの表情には、いつもの抜け目なさが表れている。

「すてきなネックレスね」マルコの恋人のペニーがアンジーに言った。「あなたの作品?」

「ええ、ありがとう。最近作ったものの中でも、とくに気に入っているの」

「あなたのデザインはどれもすてきだわ」ペニーがマルコを見あげて顔をしかめた。「誕生日のプレゼントに欲しいって精いっぱいほのめかしているのに」

「今度工房にいらしてみない? ご希望のものをデザインするわ」

赤毛美人が目を見開いた。「本当に?」

「お安いご用よ」アンジーがロレンツォに目くばせをして、このまま作戦を続けると伝えた。「私はペニーを皆さんに紹介してくるから、二人でお仕事の話でもなさったら?」

女性たちが行ってしまっても、マルコはアンジーの後ろ姿を目で追っていた。「ドレスの趣味が絶妙だな」

「確かに」ロレンツォは同意した。アンジーとの肉体的な結びつきの深さについては、疑う余地はない。ほかの男たちの存在に脅威を感じることもなく、再びベッドをともにする機会を楽しみに待っていればいい。だが、彼女の心の中を探るとなるとまた別の話だ。ロレンツォはマルコに向かってうなずいた。

「どこか静かな場所で話そう」

アンジーは不動産ブローカーであるペニーを、彼女の仕事にプラスになりそうな人々に紹介したものの、ひととおり回りおえたころには、もう一生パーティには出なくていいという気分になっていた。もともと世間話が苦手な上に、皆、隙あらばロレンツォとの復縁について探りを入れようとしてくるのに辟易《へきえき》していた。

「赤ちゃんでもできたのかしらと思っていたけれど」隣家の妻が冗談めかして言った。「そうではなさそうね。そのドレスのライン、とてもすてきだわ」

アンジーはもうこれ以上耐えられないと、ペニーをマルコのもとに連れ戻した。そのあと、マルコに誘われてダンスをし、二曲踊ったところでロレンツォが割って入った。

「君はたいした武器だが、誰の目にも触れないところにしまっておきたくなる」彼はアンジーを腕に抱くと、耳元でささやいた。

「あら、私は今日、なんの目的も果たさなくていいはずでしょう」アンジーは皮肉たっぷりに返した。「私らしく輝いていればいいそうだから」

ロレンツォがにやりとし、彼女の耳に唇を寄せた。「確かに今夜の君は輝いている。私を抱いてというオーラでね。今はまだ言葉でのコミュニケーションを学んでいる段階なのが残念だ」

アンジーの背筋を甘美な震えが走った。ロレンツォに抱き寄せられると、腰に当てられた彼の手が焼けつくように熱く感じられた。

腰がたくましい腿に当たるたびに神経に電流が走る。ロレンツォの熱に温められて、アンジーの血はわきたち、膝から力が抜けそうになった。少し下がって彼を見あげると、黒い瞳がじっと見つめていた。

「ペニーのためにデザインを申し出てくれてありがとう。そこまでする必要はないのに」

「どうってことないわ」思わず吐息混じりの声が出て、内心自分を叱りつけた。ロレンツォのことを嫌っていたんじゃないの？　彼のせいで私の生活は一変してしまったのよ。

「僕たちは案外チームワークがよさそうだ」ロレンツォがじっと見つめたまま言った。「君がしがみついているその怒りを忘れてくれさえすればね」

アンジーは目をそらし、周囲の客たちを見回した。

そのとき、すっとんきょうな笑い声がし、黒はっとした。全身の血が一瞬にして凍りついた。声のしたほうを見やると、母がシャンパンのグラスを手に著名な社交欄のコラムニストと話をしているのが見えた。

アンジーはパニックに駆られ、妹の姿を探した。もう一度母に目を戻すと、シャンパンがこぼれるのもおかまいなしに大声で笑っている。どうやら一杯目ではなさそうだ。

「お母さんはずいぶんご機嫌だな」ロレンツォが何も気づいていなさそうな口調で言った。

アンジーはちょうど音楽がやんだのをいいことに、彼の腕をすり抜けた。「アビーが呼んでいるみたい。行ってくるわね」

人込みをかき分け、妹のほうへ向かった。

アビーも話していたグループを抜けて近づいてくる。「どうかしたの?」

「お母さんがシャンパンを飲んでいるのよ。一杯目じゃないみたい」母が話している相手はよりによってコートニー・プライスだということも伝えた。

妹の顔から血の気が引いた。アンジーはアビーを引き連れ、母のもとへ急いだ。たどり着いたころには、母は先ほどのグラスを空け、すでにお代わりを手にしていた。

「お母さんを連れていって。あとのことは私にまかせて」アビーが言った。

アンジーはうなずき、すでにうつろな目をしている母に近づいた。母が娘に気づいてにらみつけた。「あら、娘が来たわ。何かまずいことを言わないか心配しているみたい。私は何も言っていないわよね、コートニー？」

コートニー・プライスは興味と恐怖の入り混じった表情をしている。

アンジーは母の腕をつかんだ。「お母さんに紹介したい人がいるのよ」

母がその手を振り払った。その拍子に、持っていたグラスのシャンパンが飛び散り、隣の女性のドレスにかかった。よりによってロレンツォの取り引き相手の妻だ。

周囲が驚きに息をのむ気配がする。アンジーは我を忘れ、無理やり母の腕を引っぱって猛然と進んでいった。

「あなたがいけないのよ。あなたがあんなふうに腕をつかんだりするから」

アンジーは無言のまま室内に入り、両親のために用意した客用スイートルームに母を押しこむと、明かりをつけた。

母が腰に手を当て、ろれつの回らない調子で言った。「ただ楽しんでいただけなのに、それさえも許してくれないのね、アンジェリーナ」

悲しみに胸が詰まった。「お母さんはアルコール依存症なのよ。絶対に飲んではいけないの」

母は耳も貸さず、冷蔵庫を開けて酒を探している。もちろん用意しているはずがない。

「施設に戻って治療しなくてはだめよ。お母さんだってわかっているでしょう?」

そこからはいつもどおりの言い争いが続き、母のお決まりのせりふが飛び出した。

「私のことなんかどうでもいいくせに。母親に背を向けて出ていったんじゃないの」

「お母さんを見るのが耐えられないからよ。心が引き裂かれるほどつらいからよ」

母が口を手で押さえた。「なんだか気分が悪いわ」

アンジーはすばやく母をバスルームへ連れていった。母は何度か嘔吐《おうと》を繰り返した。アンジーは母に口をすすがせ、服を着替えさせてから、ベッドに寝かしつけた。

「ごめんなさい」母が泣きだした。感情の移り変わりの速さも毎度のことだ。「ほんとにごめんなさい」

アンジーの目に涙がこみあげた。ようやく癒えかけたと思った傷がまた口を開けていた。

「わかっているわ」母の手を握りながら、頬に熱い涙がこぼれ落ちるのを感じた。「私もごめんなさい」

アンジーは明かりを消し、寝室を出た。また涙があふれ、ドアにもたれてしゃがみこんだ。

何度同じことを繰り返せばいいの……?

5

「アンジェリーナ？」ロレンツォははっとして足を止めた。妻が廊下に座りこんで両手に顔をうずめている。すすり泣く声に胸が張り裂けそうになるのを感じながら、彼は横にしゃがみこんだ。「どうしたんだい？」返事はない。顎に指をかけ、上を向かせた。「アンジェリーナ、何があった？」充血した目は焦点を失ったようにぼんやりしている。「いったい何があったか話してくれ」

アンジーは気持ちを落ち着かせるように首を振り、髪をかきあげた。「申し訳なくて……」その頬を新たな涙が伝った。

ロレンツォは小さく毒づいてから、アンジーを床から抱き起こし、二人のスイートルームへ運んでいった。肩でドアを開け、居間のソファに彼女を座らせる。美しい赤いドレスに大きな染みがついていた。さっき耳にした情報が確かなら、シャンパンだろう。

彼はアンジーの隣に腰を下ろした。「パーティで何があったんだい？」

アンジーは額を指でもんだ。「マグダレーナのドレス……申し訳ないことをしたわ。アビーはちゃんとあやまってくれたかしら」

「ドレスなんかどうだっていい。お義母《かあ》さんに何があったんだい、アンジー?」

彼女が目をそらした。「ちょっと飲みすぎてしまったみたい」

ロレンツォは眉を上げた。「飲みすぎたどころか、完全に酔っ払っていたじゃないか」

「そうね。まあ、そういうこともあるわよ。みっともないところをお見せしてごめんなさい」アンジーが唇を噛《か》んだ。

「人がどう思おうが、そんなことはどうだっていい。僕はたった今、自分の妻が廊下に座りこんですすり泣いてるところにでくわしたんだぞ。いったいどういうことなんだ?」

「ちょっと気が高ぶっただけよ。今夜はいろいろとめまぐるしかったから」

ロレンツォは深呼吸をし、五つ数えた。

「君の家族に何が起きているのか、君が話してくれてもいいし、これからパーティに戻ってアビゲイルにきいてもいい。夫婦の関係を深めるという意味では、妻の口から聞きたいところだがね」

アンジーはしばらくロレンツォの顔を見つめていた。本気だということを示すため、彼はじっと見つめ返した。

ようやくアンジーが口を開いた。「母はアルコール依存症なの」

アンジーが十五歳のときから母親がアルコールに依存しはじめ、これまで二度、施設で治療を受けたこと。施設を出てから、この二年ほどは断酒に成功していたが、会社が経営不振に陥ったのを機に再びアルコールに手を出すようになってしまったこと。話を聞くうちにロレンツォの胸に怒りがこみあげてきた。

「君は結婚前からその問題を抱えていたくせに、僕に相談もしてくれなかったのか？」

「母に秘密にしてほしいと懇願されたのよ。約束しなければ、治療は受けないって。父も、カーマイケル家の外には決してもらすべきではない極秘事項として扱っていたわ」

「ということは、アビゲイルの夫も知らされていないわけかい？」

アンジーがきまり悪そうに赤くなった。

「どうして僕を信じてくれなかったんだ？」

「あなたの家族は完璧だもの、言ったら見下されるんじゃないかと思ったの。あなたは、自分を律することができない人を誰よりも嫌うでしょう？」

ロレンツォは顔がかっと熱くなるのを感じた。「見下したりしない。力になる方法を考えたよ。夫婦とはそういうものだろう」

「そうね、私たちはそういうのが得意だったものね」アンジーが皮肉たっぷりに言った。「あなたの前にいると、いつも自分が劣っているような気分にさせられたわ。とくに、最初の二、三カ月が過ぎてあなたが私を遠ざけはじめてからは。私を求めていてくれるうちに、は、自分になんらかの価値があるように思えたけど、ベッドでもあなたが興味を失ってしまうと、心が死んでいくようだった。なのに、どうしたら母のことを相談したりできるの？　そんなことをしたら、あなたは私と結婚したことをなおさら後悔するに決まっているわ」

「僕は君との結婚を後悔したことなんて一度もない」ロレンツォは驚きに声をあげた。「君はそんなふうに考えていたのか？」

返事はない。

とまどいよりも怒りのほうがまさっていた。

「見当違いもはなはだしい。確かに、あのころの僕は距離を置いているように見えたかもしれない。だからってこんなことで君を軽蔑すると思うのか？」

「さあ……」

肺から空気が抜け切ってしまったようだった。突然、結婚生活が今までとはまったく違うものに見えてきた。自分が殻に閉じこもっていたことで、妻がどう感じていたか……。

ロレンツォはアンジーの手を取って立たせると、背を向かせてドレスのファスナーを下ろそうとした。アンジーが驚いて身をよじり、離れようとした。「何をするの？」

「ベッドに寝かせるんだ」

「まだ寝るわけにいかないわ。パーティは終わっていないのに」

ロレンツォはアンジーの顔を見つめた。

「君は疲れ切っている。それにもうみんな帰りはじめているだろう。僕が行って締めくくってくるよ」そう言うと、もう一度彼女に背を向かせ、ファスナーを下ろした。

アンジーは胸元を押さえながら離れた。「あとは自分でできるわ」そして、ドアに向かうロレンツォに言った。「アビーはコートニー・プライスに話をつけてくれたかしら。明日のコラムに書かれたら困るの」

ロレンツォは振り向いた。「隅に連れていって話をしていたようだよ」

アンジーの表情がほぐれた。「さすがアビーね。いつも頼りになるわ」

パーティに戻る途中も、ずっとその言葉がロレンツォの耳の中でこだましつづけていた。アンジーとアビーはずっとそうやって家族の秘密を守ってきたのだろう。

アンジーと両親の間に常に感じられた距離感や、彼女自身も酒を控えていることには、そういう理由があったのだ。

ロレンツォはアリステア・カーマイケルを捜し出し、寝室に戻ってデラのようすを見てやってほしいと頼んだ。妻の変調に気づかないばかりか、修羅場の始末を娘たちにまかせて平気でいるとは、どういう男なのだろう？

〝おまえと同じ種類だよ〟頭の中で嘲笑《あざわら》う声がした。〝結婚していたころ、おまえだって家族のことなんかろくに気にしなかったじゃ

ないか〃

ロレンツォが出ていったあと、アンジーはひんやりしたサテンのシーツの上で丸くなり、きつく目をつぶってなんとか眠ろうとした。

それでも、先ほどの母とのやりとりは繰り返し頭の中に響いていた。

〃私のことなんかどうでもいいくせに。母親に背を向けて出ていったんじゃないの〃

確かに私は背を向けた。母の胸の痛みを癒やすことができない自分がふがいなくて、そのたびに魂が少しずつ死んでいくような気がしたから。

アンジーは枕に顔を突っ伏した。ロレンツォの怒りを思うと、よけいに胸が痛んだ。彼に隠すべきではなかったのかもしれない。でも、あのころの彼は煉瓦《れんが》の壁におおわれているようで、とても近づけなかった。

痛みを忘れるには眠るのが一番だが、どうしても寝つけず、深夜にロレンツォが寝室に戻ってきたときもアンジーはまだ起きていた。

シャワーをすませてベッドに入ってきたロレンツォは、とてもいい香りがした。胸がうずくほど懐かしく、現実感に満ちていた。思わず抱きしめてと言いそうになって、シーツをぎゅっとつかんだ。ロレンツォはため息を一ついてからアンジーに手を伸ばし、自分のほうを向かせた。泣き腫らした顔を見られ、アンジーはなすすべもなく目を閉じた。ロレンツォが頬にそっと触れるのを感じて、震えるまぶたを開けた。「アンジー……」彼がささやく。「もう少し僕を信じることを覚えてくれ。僕も君が助けを求めているのを察することができるようになるから」

アンジーは月明かりに照らされた彼の顔に手を伸ばした。「本気で言っているの？」

「本気じゃなかったら、こんなことをすると思うかい？　君に戻ってほしいと言ったのは、苦しめるためなんかじゃない。僕たちは一緒にいるべきだからだ。君と結婚したのは、君が美しく聡明《そうめい》で、僕が妻に求めるものをそなえていたからだよ。単に妊娠したからだけじゃない。ルチアが亡くなって以来初めて、生きていると実感できたからだ。君が僕に生きる喜びを思い出させてくれたんだよ」

心臓が早鐘を打っていた。ロレンツォとの特別な絆《きずな》を感じることこそあっても、彼が口に出して言ってくれたのは初めてだ。

ロレンツォが指先でアンジーの顎をたどった。「夫婦の関係について僕たちの間で考え方の違いはあったかもしれないが、だからって君を妻として不足だなんて思ったことはない。僕たちはただ、乗り越えるべき問題を抱えていただけだ」

アンジーは唇を噛んだ。これまでロレンツォは、カーマイケルの名がもたらすコネが目当てで結婚したのだとばかり思っていた。でも、彼が言うとおり、女としての私を求めていてくれたとしたら……私は、がんばれば修復できたかもしれない結婚生活から身勝手にも逃げ出してしまったということ？　アンジーはショックに息をのみ、彼を見あげた。

「あなたが殻に閉じこもるたびに、私は拒絶されたように感じて、とてもつらかったの」

「わかっている。今ならわかるよ」

二人はしばらくそのままでいた。やがてロレンツォの指がアンジーの頬をなぞりはじめた。親指が涙の跡をたどると、彼女の胸のうずきはすべてをかき消してしまうほど強くなった。かつて二人の間にあったもの、かつて二人が求めて得られなかったもの――そのすべてを手にしたいという欲求は、耐えがたいほどだった。そう、今度こそ……。だが、ロレンツォを信じられるかどうか自信がなかった。ジキルとハイドのような彼に振り回されるのはもうたくさんだ。アンジーは自分の直感を信じられなくなっていた。

愚かなことをしてしまわないうちにベッドを出ようと、マットレスに手をついた。すると、ロレンツォがアンジーのウエストに腕を回し、抱き寄せた。背中が彼の温かい胸に包まれる。「眠るんだ」ロレンツォがささやき、彼女の肩にそっとキスをした。「先のことは明日考えればいい」

この状態でリラックスしろというほうが無理だ。ブリーフ一枚のロレンツォが体を密着させているというのに。おまけに明日になれば、また施設に入るよう母を説得しなければならない。涙が頬を伝った。

「泣かないで」彼はそうささやくと、アンジーの頭を枕にのせた。「二人で考えれば、きっと解決策が見つかる。約束するよ」

ロレンツォが顎に口づけしたとき、抵抗すべきだった。彼はキスでアンジーの頬の涙をぬぐった。そのエロチックでしかも慈しむようなしぐさに、胸の痛みが癒やされたのも事実だった。こんなふうに心を明るくすることができるのはロレンツォだけだ。

アンジーは思わず喉の奥から低いうめき声をもらした。二人の視線が熱くからみ合い、時が止まった。ロレンツォは彼女の名前をささやきながら唇を重ねてきた。ゆったりとした甘いキスに、アンジーの頭から彼以外の何もかもが消え去った。どれほどこれを望んでいただろう。このキスが表すすべてのものに、どれほど焦がれていただろう。

ロレンツォは指先でアンジーの顎をとらえ、キスを深めた。彼の舌がアンジーの舌を撫《な》でる。魅惑的な味に刺激されてロレンツォの脚に脚をからめたアンジーは、欲望が下腹部に集まるのを感じ、身をよじって彼にすり寄った。ロレンツォが連れていってくれる忘我の境地にひたりたかった。二人の間で、それだけはいつも真実だったから。

「ロレンツォ……」

彼が唇を離し、アンジーの髪を指ですきながら、そっとささやいた。「だめだ」

だめ？　アンジーは目を開けた。

「この先に進んだら、明日起きたとき、僕を憎むだろう。君は今、感情的になっている。そこにつけ入るようなことはしたくない」

混乱のあまり、めまいがした。アンジーはロレンツォの胸を押しのけた。おおいかぶさっていた彼が体を離す。アンジーはベッドの端にころがり、頬を押さえた。「あなたが始めたくせに」

「慰めるつもりがつい行きすぎてしまった」

アンジーは彼に背を向けたまま丸くなった。

「アンジー」ロレンツォが肩に手をのせた。

「放っておいて」深呼吸をし、乱れた息を落ち着かせた。自分でも何を考えていたのかわからない。これまで真実だと思っていたものがすべて、ぼんやりした灰色に包まれている。

私にとってロレンツォは、母にとってのアルコールのようなもの。欲望にまかせてまた彼と体を重ね、道を踏みはずす前に、その危険性についてじっくり考えなければ。

アンジーは目を閉じた。幸いにも、今度は眠りがすぐに訪れ、逃げ場を与えてくれた。

6

翌朝、アンジーは目覚めても頭が重くぼんやりしていた。これから起こることへの不安と、昨夜のロレンツォの言葉に対するとまどいにさいなまれつつ、チュニックとジーンズを身につけ、髪をポニーテールにまとめて階下に下りた。

朝食室に誰もいなければ、とりあえずコーヒーを飲みながら気持ちを落ち着かせようと思っていたが、湾を見おろす明るい部屋ではロレンツォが朝刊を読んでいた。たくましい体はネイビーブルーのTシャツとジーンズに包まれ、髪はシャワーの名残でまだ濡《ぬ》れている。彼の姿を見ただけで鼓動が速まるのは、どう考えてもいい兆候ではなかった。

ロレンツォが視線を上げ、アンジーの表情をうかがった。「珍しく朝寝坊だな。そのほうがいい。疲れていたようだからね」

アンジーは彼の隣に腰を下ろした。いくら距離を置きたくても、わざと遠くに座るのは大人げない。

「コンスタンツァが君の大好物を作ってくれたよ」ロレンツォが焼きたてのバナナブレッドの皿を示した。「コーヒーもいれたてだ」

「ありがとう」アンジーは自分のコーヒーをついだ。「両親は?」

「お義父《とう》さんはランニングに出かけた。お義《か》母《あ》さんはまだ寝ているようだ」ロレンツォがわずかに眉根を寄せた。「お義父さんはいつもあんなふうに……他人事《ひとごと》なのかい、お母さんの問題に対して?」

「ええ。依存症を克服できないのは母が弱いせいだと父は思っているの。だから母が治療につまずくたびに怒るのよ」

「それでは問題は解決しない。お義母さんに何より必要なのは家族の支えじゃないか」

アンジーは冷ややかな目でロレンツォを見た。「人と距離を置くことにかけては世界一のあなたが……」

「確かに。だが、それについては改善すると約束しただろう?」

彼の言うとおりだが、その言葉をまともに受け取っていいものだろうか? 二人の結婚生活は、彼が殻に閉じこもり、別人のようになってしまっては、ベッドで仲直りすることの繰り返しだった。今度こそそれが改善されるという保証はどこにもない。

アンジーはソーサーの上のコーヒーカップをもてあそんだ。「私の家族はずっとそんな調子なの。リッチ家とは大違いね。何かの感情を抱いていても押し殺すし、問題についてきちんと話し合わずに見て見ぬふりをするのよ」

ロレンツォが眉根を寄せた。「お義母さんは君が十五歳のときから酒に溺れるようになったという話だが、きっかけは？」

「母はそれまでも社交の場を乗り切るためにお酒に頼る傾向があったけど、引き金になったのは父の浮気だったんじゃないかしら。週に三、四回カーマイケル家の代表として公の場に出るのはなんとか耐えられても、その場の全員が夫の浮気について噂《うわさ》しているのはいくらなんでも耐えがたかったと思うわ」

「なぜお義母さんは離婚しなかったんだ？」

「カーマイケル家の一員だもの。世間の目がすべてなのよ。我が家では敗北は許されないの。治療を受けさせずに放っておいたら、母は死ぬまでお酒を飲みつづけるでしょうね。最後まで結婚生活を貫き通したってことを世間に見せつけるためだけに」

「正気の沙汰じゃないな」ロレンツォは椅子の背にもたれ、考えこむような表情をした。「だから君はゆうべのようなパーティやそれが象徴する世界を嫌うのか」

「ええ」

「そして、僕のもとを逃げ出せば、母親のようにならないと思った。ご両親のように結婚生活が破綻するのを恐れて、その前に自立しておこうと考えた」

アンジーは皮肉っぽくほほえんだ。「そこまで単純な話じゃないけど」

「まあね。だが、君の経験が結婚についての考え方に影響しているのは確かだな。僕が君と距離を置いたとき、君はお父さんのことを思い出した。僕の悪癖は浮気じゃなくて、仕事に没頭しすぎることだったが」

「部分的には当たっているかしら。いずれにせよ、もっと家庭を顧みるようになると誓ったところで、実行に移すのはむずかしいわ」

「そうだな。だったらまず手始めとして、お義母さんの問題に取り組もう」

「それは私の問題よ」

「いや、僕たちの問題だ。ゆうべ言ったように、二人で解決するんだ。チームとしてね」

アンジーは首を横に振った。「母はかなり扱いにくいの。あなたもいやな思いをするわ」

「だからこそ僕も一緒にいるべきだ」角張った顎に力がこもる。「ゆうべ床に座りこんでいた君の姿が目に焼きついているんだ。一人で背負わせるわけにはいかないよ」

アンジーはため息をつき、海を見やった。水面は日差しを受けてブルーの宝石のように輝いている。「まずは前回と同じカリフォルニアの施設に入るように説得しなくちゃ」

「ほかにも選択肢があるかもしれない。今朝、友人に電話してみたんだ。彼の弟がニューヨーク州北部の施設で働いている。そこでは最先端の治療を行っているそうだ。場所が近ければ、お義母さんにとっても少しは楽かもしれない。君たちが頻繁に訪ねられるから」

アンジーの胸は不安でいっぱいになった。リハビリ施設の母を訪ねて怒りをぶつけられるのは楽しい経験ではない。これまで以上に頻繁に面会することに耐えられるだろうか？逃げ出してしまいたい。でも、逃げているだけでは、何も解決しない。それがようやくわかってきた。母のことも、この結婚生活も。

「一緒に見学に行こう」ロレンツォが言った。

「決めるのはそれからでいい」

アンジーは夫を見た。彼は単に妻が自分以外のことに気を取られるのがいやだという理由から手を貸そうとしているのかもしれない。

それでも、彼がゆうべ見せたやさしさは本物だった。私は彼にとって意味のある存在なのだと思わせてくれた。

結婚生活をうまくやっていくためには、私も彼を信頼する姿勢を見せることが大事なのかもしれない。赤ん坊のよちよち歩きのような小さな歩幅でいいから、前に進まなくては。

「わかったわ。行ってみましょう」

翌日、アンジーとロレンツォは朝からニューヨーク北部におもむいた。アディロンダック山地のふもとにある治療施設は、美しい風景に囲まれていた。施設内を案内され、介護スタッフや医師たちと面会すると、アンジーの不安はやわらいでいった。

その週のうちに、二人はアンジーの母を連れて施設を再訪した。デラさえ了解すれば、施設側はすぐにも受け入れてくれるということだった。意外にもデラはその場所が気に入ったようだが、いつもどおり、そのうち怒りや悲しみの感情をひととおりぶつけてきた。それでもロレンツォが隣にいてくれることで、アンジーにとって思ったほどつらい時間ではなかった。彼は義母に対して忍耐強く接した。決然とした力強い口調で説得したかと思うと、必要な場面ではやさしい言葉で思いやりを示した。それは、以前の結婚生活では見ることのなかった彼の一面だった。

母を施設に残し、二人で帰りのジェット機に乗ったとき、アンジーは疲れ切っていた。

「大丈夫かい？」隣の席のロレンツォが尋ねた。座席の前のテーブルには、珍しくノートパソコンが置かれていない。

アンジーはうなずいた。「母を施設に残してくるのはつらすぎるわ。これが最後であってほしい……」

ロレンツォが彼女の手を取った。「きっとそうなるよ。たとえそうならなくても、お義母さんがよくなるまで二人でがんばろう」

アンジーは自分の手を包むロレンツォの手を見つめた。温かく、守られている感じがする。思えば、今日一日、彼はずっと穏やかに見守っていてくれた。頭に灰色の雲が立ちこめ、正しい判断ができなくなりそうだ。

「ありがとう」かすれた声で言った。「今週、ずっとそばにいてくれて。前回があまりにつらかったから、とても無理だと思ったけど、逃げていたら何も解決しないものね」

「そのとおりだ」ロレンツォの瞳が暗く陰った。「だが、ときには時機を待つことが必要な場合もある。心が癒えるまで待つことが」

ルチアのことだわ。アンジーは胸がぎゅっと締めつけられた。もう無視しつづけることはできない。彼女の亡霊はずっと二人の間にいた。夫婦の関係を見つめ直すには、彼女の問題に触れることが不可欠だ。

アンジーはロレンツォの手から自分の手を引き抜いた。「パーティの前にあなたが言っていたこと――以前あることで悩んでいたっていうのは、ルチアのこと?」

ロレンツォの顔に身構えるような表情が浮かんだ。「ああ。君と出会って、僕はもう悲しみから立ち直ったと思っていた。だが、君が出ていってしまってから、考えていたほどきっぱりとは過去と決別できていなかったと気づいた。その重荷を結婚生活にまで持ちこんで、そのせいで君と距離を置いてしまうこともあったんじゃないかとね」

アンジーは眉根を寄せた。「ルチアのことをいつまでも引きずっているのは私のほうだって責めたくせに」

ロレンツォが皮肉っぽくほほえんだ。「君が怒らせるからだ。ルチアの亡霊を持ち出すのは、君が機嫌を損ねたときのお得意の手だから」

アンジーは目を伏せた。確かに彼の言うとおりだ。なんでもいいからロレンツォに反応を見せてほしくて、けしかけてしまった。どんな反応でもいい、彼が本気で向き合ってくれていると感じたかった。ルチアを喧嘩《けんか》の武器に使うのは間違っていることくらいわかっていた。でも、夫婦喧嘩というのはそもそも理性的ではいられないものだ。

「彼女のことを話して」アンジーは静かに言った。「彼女に何があったのか。理解しておきたいの。よく知っていたら、私たちの結婚生活も違うものになっていたかもしれない」

ロレンツォは椅子の背にもたれ、額にてのひらを当てた。「どこから話せばいいかな。ルチアとは幼なじみだった。毎年コモ湖で一緒に夏を過ごしていた。初恋がやがて大人の恋に変わった。両方の両親は諸手《もろて》を上げて賛成したよ。まさに運命の相手だと思えた」

アンジーの胸は痛んだ。出会ったとき、私は間違いなく運命だと感じたのに、彼の心はすでにほかの女性のものだった……。

「それでもすぐには結婚しなかった。初めて恋した相手と結婚してしまう前に、少し遊んでおきたくてね。だが、数年のうちにやはり彼女だと確信して、二十六歳のときに式を挙げた。僕は当時すでにニューヨークに来ていたから、ルチアが越してくることになった」ロレンツォは目を伏せた。「ルチアは陸《おか》に上がった魚のようだった。家族からも故国からも離れて、寂しそうだった。僕はなんとか彼女を元気づけようとした。彼女も、子供さえできれば何もかもうまくいくと言っていた。そんな矢先だったんだ、彼女が……」

突然亡くなったのね。アンジーは胸が締めつけられ、思わず彼の手を取った。「もういいわ、それ以上言わないで」

「いや、君の言うとおりなんだ。ちゃんと話しておいたほうがいい。それも……僕の一部だからね」ロレンツォは伸びかけた髭《ひげ》を撫《な》でながら先を続けた。「上海に出張中、自宅のタウンハウスに強盗が入ったこと。もちろん自宅には最新の警備システムが備えられていたが、強盗団はその道のプロで、世間知らずのルチアをだまし、ロックを解除させたこと。

「やつらは彼女を書斎に閉じこめ、家の中を物色する間おとなしくしていろと命じた。だが、ルチアは彼らの目を盗んで携帯電話で助けを求めた。それを強盗団の一人に見とがめられ、銃のグリップで殴られた」彼は膝の上で拳を固めた。関節が白く浮き出ている。

「その一撃で脳に内出血が起き、彼女の意識は二度と回復することはなかった」

アンジーは恐怖のあまり口を手でおおった。

「なぜあなたはそこまで知っているの？」

「防犯ビデオだ」

あまりの衝撃に、胸が悪くなりそうだった。

「まさか、直接映像を見たわけじゃ……」

「見たよ。何が起きたのか、知っておきたかったから」

ロレンツォの苦しげにかすれた声や黒い瞳に表れたむき出しの感情に、アンジーは胸が張り裂けそうだった。愛する人をそんな形で失うなんて……。そんな経験をしたら、もう二度と元の自分には戻れないだろう。

「ごめんなさい」アンジーは静かに言った。「今までいろいろと無神経なことを言って。ルチアがむごい亡くなり方をしたのは知っていたんだから、それについて触れるべきじゃなかった。でも、あなたが殻にこもってしまうたびに、私は傷ついて、あなたのことも同じように傷つけたくなったの。もちろん、そんなのは理由にもならないけど」

ロレンツォがかぶりを振った。「僕たちは二人とも相手を傷つける名手だ。目の前にある問題と取り組むより、そうするほうが楽だからね」

アンジーは唇を噛《か》み、窓から青い海を見おろした。感情に揺さぶられて疲れ切った心は、もうこのへんでやめようと訴えているが、そうするわけにはいかなかった。ここでやめたら、二人の関係は今のままで止まってしまう。

そこでロレンツォのほうを向いた。「ルチアがいつまでもあなたの心の中にいることはわかっているわ。それが当然だと思う。ただ、私たちの問題は、それによって二人の間に距離ができてしまうことだと思うの。ロレンツォ、あなたの口から聞きたいのよ、もうルチアの死を受け入れたのだと……」

「もう受け入れたよ。僕は前に踏み出した。君とやり直したいと思ったのも、すべてはそのためだ。前に進みたい。君にも、僕と一緒に進んでほしい」

アンジーは胸が苦しくなった。本気でやり直すつもりなら、過去を忘れなければならない。でも、できるかしら？　ロレンツォに関する限り、心のおもむくままに進むのは危険すぎる。彼は本当に変わったの？　このまま進めば、最初のときよりも高いところから転げ落ちて、もっとひどい傷を負うことになるんじゃない？

「僕たちには何もかも忘れることが必要なのかもしれないな」彼が静かに言った。「まっさらな状態で新しいスタートを切ることが」

心臓が締めつけられた。二人の間にあったすばらしいものを取り戻せたら、どんなにいいだろう。そして、ずっと欲しかった彼の愛を得ることができたら……。うまくいっているときは、この世の何にも侵されないと思えるほど幸せだった。だが、ひとたび憎み合うと、胸が引き裂かれるほどつらかった。

血管がどくどく鳴り、アンジーは息苦しさを感じた。赤ん坊のよちよち歩きで進もうと思ったけれど、この一歩はあまりにも大きく、踏み出すのが不安でたまらなかった。

「君のすべてを傾けてほしい」ロレンツォが彼女の瞳をまっすぐに見た。「本気で僕と進んでほしいんだ。君のすべてを僕に預けてくれるかい？」

渇いた喉をごくりと鳴らし、アンジーは一歩を踏み出した。「やってみるわ」

7

「もう」アンジーは寝室の床に落ちたブレスレットを拾いあげた。一週間後のアレクサンダー・ファジーニのショーに備えた最後の調整で忙しく、帰宅するのが遅くなってしまった。今夜はロレンツォの両親が夕食に来るというのに……。

留め金がまたしても指から逃げ、顔をしかめた。落ち着かないのは、女帝オクタヴィアの来訪が迫っているから？　あるいは、この結婚と本気で向き合うとロレンツォに約束してしまったから？　おそらくその両方だろう。

「手伝おうか？」ロレンツォがウォークインクローゼットから出てきた。糊《のり》のきいた白いシャツの袖をまくりあげている。

「お願い」アンジーはブレスレットを渡した。ロレンツォは手早くそれを留め、彼女の目をのぞきこんだ。「緊張しているのかい？　大丈夫だよ。両親もうまくいくよう祈ってくれている」

「緊張しているわけじゃないわ。遅れて焦っているだけ」

「遅れてなんかいないよ。まだ現れてもいないじゃないか」ロレンツォがアンジーの腰に腕を回し、抱き寄せた。「二人がゆっくりしていてありがたい。君とろくに挨拶する暇もなかったからね」

体がかっと熱くなった。今夜のロレンツォの顔には獲物を狙う肉食獣のような表情が浮かんでいる。それは夫婦としての準備期間がすでに終わったことを物語っていた。

「いつご両親がいらしてもおかしくないわ」

「時間なら十分ある」

ロレンツォは指をアンジーの髪に差し入れ、口づけした。のんびりと味わうような長いキスだった。周囲が独特の魔法に包まれ、息もできなくなる。アンジーは膝から力が抜けそうになって、彼のシャツの胸をつかんだ。

「ロレンツォ」ようやく唇が離れ、酸素が入ってくると、彼女は言った。「おかげで髪がくしゃくしゃよ。口紅だってだいなし」

ロレンツォが満足げにうなりながら、アンジーの顎から喉元へとキスでたどりつつ、腰をつかんでぐいと引き寄せた。

固い筋肉でおおわれた体に、アンジーは思わず身をすり寄せた。ロレンツォが彼女の唇に注意を戻し、もてあそぶように舌先でなぞる。アンジーは反射的にキスに応え、またたく間に溺れた。

そのときドアベルが鳴り、恍惚《こうこつ》とした状態から我に返ったアンジーは、あわてて彼の腕から抜け出た。ロレンツォがシャツを直しながら、満足げに彼女を眺めた。「ようやく僕の妻らしくなった」

アンジーは彼の言葉を無視し、鏡の前に行って、髪と口紅を手早く整えた。数回深呼吸をして、なんとか気持ちを落ち着かせる。

ロレンツォはアンジーの背中に手を当て、玄関ホールへと導いていった。そこではコンスタンツァが彼の両親を出迎えていた。ロレンツォは二人と挨拶を交わしたあと、アンジーを前に押し出した。彼女は気楽なターゲットのほうから応対することにした。

こめかみの髪が白くなりかけているサルヴァトーレは、実業家としての恐ろしげな噂《うわさ》とは裏腹に親しみやすい相手だ。彼はまた会えてうれしいと母国語で言いながら、アンジーの頬にキスをした。彼女もイタリア語で同意してから、いよいよ義母に向き直った。銀髪をショートカットにし、息子と同じ黒い瞳を持つオクタヴィアは、年齢を重ねても色あせない美しさの持ち主だ。今日は茄子紺《なすこん》のシルクのラップドレスに身を包んでいる。

「こんばんは《ボナセーラ》、オクタヴィア」

「ボナセーラ」オクタヴィアはアンジーの両頬に軽くキスをした。「お招きありがとう」

「ニューヨークにおいでいただけるなんて、とてもうれしいです」アンジーは幼いころから培った完璧なマナーを駆使し、ロレンツォの両親を応接室に通して、飲み物を運んだ。十代のころはいやでしかたなかったうわべだけのお世辞も、こういう場では役に立つ。

　食前酒を楽しむ間、誰もが行儀よくしていた。ロレンツォはアンジーの背に手を当て、守られている気分にしてくれた。オクタヴィアは抜け目ない黒い瞳で二人のようすを観察し、実のところ息子夫婦はどうなっているのかと探っているようだ。

　アンジーは自分に言い聞かせた。私はもう二十二歳の小娘じゃないわ。事業を成功させた立派な大人なんだから、オクタヴィア・リッチを恐れる理由はどこにもないのよ。外のテラスにしつらえられたテーブルでロレンツォの隣に腰を下ろしたときも、その言葉が気持ちを落ち着けてくれた。

四人はワインを味わい、会話を楽しんだ。

サラダの皿が下げられるころには、アンジーもだいぶリラックスしはじめていた。

オクタヴィアがアンジーに目を向けた。

「ロレンツォに聞いたわ。アレクサンダー・ファジーニのショーに参加するんですってね。すばらしいじゃないの」

「作品を提供するだけです。主役はあくまでもアレクサンダーで……。お義母《かあ》さまもごらんになりますか?」

オクタヴィアが眉を曇らせた。「その晩は夕食の約束があるの」そう言って夫のほうを向く。「予定を動かせないかしら?」

「大丈夫だろう。君も楽しんでくるといい」

「そうね」オクタヴィアが女王《ベーネ》のようにほほえんだ。「お母さまもいらっしゃるの?」

アンジーの心臓がどきんと大きく鳴った。

「それが……今ちょっと遠方にいまして」

「それは残念ね。どちらに?」

「南フランスです」これはアビーとあらかじめ示し合わせておいた対応策だった。

オクタヴィアが鼻の頭にしわを寄せた。

「この時期はまだ暑いんじゃない?」

「あちらに別荘があって。母は夏の花が大好きなんです」

そこでサルヴァトーレが口をはさみ、今度ロレンツォと一緒にイタリアへ来るといいとアンジーを誘った。

アンジーは口ではぜひと応えつつも、この結婚がうまくいくかどうかもわからない今、ロレンツォの大家族に囲まれるのはあまり気が進まなかった。「でも、たぶん来年になると思います。秋のコレクションが終わったら、クリスマスに向けて準備しなければなりませんし、一月までは息をつく暇もなくて」

「子供を作るとなれば、少し仕事を控えないとね」オクタヴィアが言った。

アンジーは身をこわばらせ、夫のほうをちらりと見た。「その点についてはのんびり構えようと、ロレンツォと話しているんです。それに、ふだんどおりに仕事を続けたほうが健康でいられると思いますし」

「そうかもしれないけれど、女性はストレスを感じると、妊娠の確率が低くなるそうよ」

妊娠も何も、私たちはまだ……。アンジーは唇をすぼめ、ワインを一口飲んだ。ロレンツォが彼女の膝に手を置いた。

「長い目で見てくれよ、母さん。僕たちはまだ復縁したばかりなんだ。子供を作る時間なら、この先いくらでもある」

「アンジーはもう二十六なのよ」オクタヴィアは引きさがらない。「すぐには妊娠しないかもしれないじゃないの」

アンジーは頬がほてるのを感じた。まるで私が繁殖用の雌馬か何かみたい。子供を持つ心の準備が整っていないことなどおかまいなし。以前、流産したときには、心を引き裂かれるような苦しみを味わった。二度とあんな思いはしたくない。

ロレンツォが母親をにらんだ。「前回は簡単に授かったんだ。焦るつもりはないよ」

オクタヴィアが優雅に肩をすくめた。「あのときアンジーはまだ若かったもの。あなたたちのためを思って言っているのよ。近ごろの若い女性たちはいつまででも先延ばしにできると思っているようだけど、そういうわけにはいきませんからね」

アンジーは大きく息を吸った。ロレンツォが励ますように彼女の膝をつかんでから、もう一度警告をこめて母をにらみ、話題を変えた。

アンジーは気持ちを切り替えて食事を楽しもうとしたが無理だった。今は二人の問題で手いっぱいで、子供どころではないのに……。

十時を回ったあたりで、リッチ夫妻はようやく腰を上げた。帰り際、サルヴァトーレは少し話があると言い、ロレンツォを書斎に連れていった。アンジーはオクタヴィアと上演中の芝居について話しながら、もう少しの辛抱よと自分を励ました。

「なんてことだ《マレディツィオーネ》、いったい誰が買収計画をもらした?」

ロレンツォは腕組みをし、書斎のデスクにもたれた。今夜はこの件について触れずにすむことを期待していたが、そうはいかないようだ。「さあ。上層部しか知らないはずだが、こういううまみのある話は往々にしてもれやすいからね」

買収に失敗したらリッチの名に傷がつく──父の予想どおりの説教には、必ず成功すると応じたものの、肝心のマルコ・バヴァロは数日前から南米に行き、連絡がつかなくなっている。ロレンツォはもう少しだけ待ってくれと父に言った。

「もう一年もかかっているじゃないか。いいか、次の取締役会までになんとかするんだぞ。トップの座に無能な人間を座らせているんじゃないかと思われないうちにな」

ロレンツォは顔をしかめた。「連中は暇を持て余しているから、少しのことで大騒ぎするんだよ」

「暇を持て余していようがどうしようが、その気になれば我々を窮地に追いこむこともできる」父も腕組みをした。「今回はおまえの野心が仇《あだ》になりそうな気がしてきたよ」

ただでさえマルコ・バヴァロと交渉できずに焦っているときに、父からもプレッシャーをかけられてはたまらない。

「社長は僕だ」ロレンツォは父の目を見据えて言った。「買収は必ず成功させる。よけいな口出しはしないでくれ」

父が見下すように顎を上げた。「とにかく、十月の取締役会までにはきっちり契約をすませるんだぞ」

アンジーは気が高ぶって眠れそうになく、夫が電話をしている隙に水着に着替えて、テラスにしつらえられたジャグジーに入ることにした。

マンハッタンの夜景を眺めながらジャグジーで過ごすのは、お気に入りのリラックス法だ。タオルをデッキに置き、飲みかけのワインのグラスをバスタブの横に置いて、泡立つ湯に肩までつかった。水流が凝りをほぐすのを感じながら目を閉じ、ため息をつく。

「楽になったかい？」

アンジーははっとして目を開けた。夫がトランクス姿でデッキに立っている。美しいその体を見て、胸が早鐘を打ちだした。記憶にあるよりも、さらに引きしまったようだ。腹筋が見事な格子模様を描いている。

急に口の中が乾き、アンジーは唾をのんだ。「電話するんじゃなかったの？」

「もうすんだよ」ロレンツォが湯に入り、向かい側に腰を下ろした。

少し落ち着きはじめたアンジーの鼓動は、彼の視線を感じて再び速まった。ホルタートップとショーツのビキニは決して露出度が高くはないが、熱いまなざしをそそがれると、一糸まとわぬ姿でいるような気にさせられる。

「お父さまはどんなご用だったの？」彼が放射する熱から気をそらそうとして尋ねた。

ロレンツォが視線をアンジーの顔に戻した。「ベルモント社の件を心配していたよ。親父《おやじ》は小魚をかき集めて今の帝国を築いてきた。じっくり狙いをつけて大物を仕留めるようなまどろっこしいことは理解できないんだ」

「マルコ・バヴァロはまだつかまらないの？」

「ああ」ロレンツォはため息をつき、バスタブに頭をもたせかけた。「雲隠れしている」

アンジーはじっと彼を見つめた。

「なんだい？」ロレンツォが眉を上げた。

「そのエネルギーはどこから来るのかしらと思って。どれほど多くのものを手にしても、飽くことがないみたいね」

ロレンツォが肩をすくめた。「生まれつきこういう性格なんだ。フランコも同じさ」

「彼はもっとバランスが取れているわ」

ロレンツォが不満げに目を細めた。「兄弟だって多少は違うよ」

「そうでしょうね。でも、あなたも前はそうじゃなかったってフランコから聞いたわ。ルチアを亡くす前は、もっと節度があって、人生を楽しむ余裕もあったって」

ロレンツォの瞳が危険な輝きを帯びた。

「弟は心理学者ごっこが好きなんだ。僕の野心は生まれつきのものだよ」

「でも気をつけないと、いつか限界が来るわ。もう少し人間らしい時間を持たなくちゃ」

「だったら僕も言わせてもらおう。母が孫の顔を見たがっているのは既定路線なのに、なぜあれほど過剰反応するんだ?」

「あんなふうにお義母さまに責められるのが既定路線? 私にとってデリケートな話題だってわかっているんだから、あなたももっと早く止めてくれればよかったじゃないの。二人の間でさえまだ話し合っていないのに」

「そうかもしれない。だが、フランコに子供ができない以上、僕たちが子供を持つことを現実の問題として考える必要がある」

アンジーはつんと顎を上げた。「あなたとやり直すことは約束したわ。本気であなたと前に進んでいくって。でも、子供のことを考える前に、まず二人の関係を修復したいの。仕事の面でも、今は子供を作るタイミングじゃないわ。あなただって、時間をかけようって言ってくれたじゃないの」

「時間はかけたいが、永遠に待てるものでもない。実際、望んだところですぐ妊娠するわけじゃないだろう。それに――」

「それに、なんなの?」

「前回の流産のこともある。子供を持つには、思った以上に時間がかかるかもしれない」

不安と恐れがアンジーの中でいっきにふくらんだ。「その話はまだしたくないわ」

「不安だからかい?」ロレンツォが静かに尋ねた。「無理もない。僕だって不安だ。だからこそ話し合っておかないと。見て見ぬふりをしても、問題が消えてなくなるわけじゃない」

「まだ話したくないって言っているのよ。子供の話をする前に、まず私たち二人のことをなんとかしなくちゃ」

「いいだろう」ロレンツォの瞳が月光を受けて光った。「それについて異存はない。こっちへ来たらどうだ? これじゃ遠すぎる」

アンジーの心臓は肋骨《ろっこつ》に当たるほど激しく打った。「遠慮しておくわ」

「遠慮する必要はない。問題は、君がこっちへ来るか、僕がそっちへ行くかだな。好きなほうを選ぶといい」

熱い血が駆けめぐり、血管がざわめきたつ。夕方のキスに続き、一晩じゅう彼に触れられていたせいで、官能が目覚めている。だが同時に、子供のことを話題にされて腹立たしさを感じてもいた。まるで私はリッチ家に財をもたらす貨物船か何かみたいじゃないの。

「時間切れだ」ロレンツォはバスタブの中央に進み出てアンジーの腰を抱くと、自分の膝をまたぐようにして座らせた。

アンジーは息をのんだ。「なんのまね?」

「お互いをもっとよく知るんだろう?」ロレンツォが熱いまなざしを向けた。「リラックスして、僕のいとしい人《カーラ・ミア》。僕が望むのはキスだけだ。ただし、たくさんのね」

「ロレンツォ、冗談はやめて」

「冗談なんかじゃないよ」彼の瞳に笑みが浮かぶ。「キスは万国共通の言語だろう? 僕たちが理解し合うにはうってつけだ」

まだ怒っていると言おうとして口を開きかけたアンジーは、ロレンツォにキスでふさがれた。肩を押しのけて拒もうとしても、誘うような甘いキスはまたたく間に身も心も溶かしていく。アンジーは彼の肩に思いきり爪を立てた。

「なんだい?」

「子供の問題をキスでごまかすなんてずるいわ。私には時間が必要なの」

「いいよ。君が準備できるまで待とう」

アンジーは目をぱちくりさせた。「本当に?」

「ああ《シ》」

意外なほどあっさり同意されて、返す言葉を失った。ロレンツォがじっと瞳をのぞきこみながら、アンジーのおくれ毛を耳にかけた。

「ほかには何を考えているんだい?」

アンジーは首を横に振った。

「アンジェリーナ」

低くセクシーな声で促され、彼女は答える

しかなかった。「怖いの。たまらなく……」

「何が？」

あなたを再び求めてしまうことが。あなたがいないと生きられなくなってしまうことが。以前のように、ロレンツォと一緒にいることでしか満たされなくなったら、そしてまた拒絶されたら、もう二度と立ち直る自信がない。

アンジーは目を閉じた。「最初のころはとても幸せだった。なのに、あんなふうに心がばらばらになってしまった。あなたがまた殻にこもって、あのときのようになるかもしれないと思うと、不安でたまらないの」

ロレンツォが首を横に振った。「僕は完璧じゃない。気分屋のところもある。だが、今度は以前とは違う。それだけは約束するよ」

アンジーはこみあげる不安を抑えこんだ。この一、二週間で築いてきた信頼が、ひょっとしたら今回はうまくいくのではないかと、新たな希望を与えてくれる。

ロレンツォが首筋に手を当て、再び唇を重ねようとしたとき、アンジーは抵抗しなかった。彼の舌を受け入れ、彼の手が体をまさぐるのを感じながら、その感触に身をまかせた。最後にこんなふうに彼に触れられたのはいつのことだったかしら？

やがてロレンツォが唇を離し、情けなさそうに笑った。「このへんでやめておかないと、キスだけじゃすまなくなる。君の気が変わったのなら話は別だが」

アンジーは頬がかっと熱くなるのを感じた。もう一度キスをすれば、もう一度ため息混じりに名を呼べば、ロレンツォはまた私のものになる。でも、体を重ねたら、私はすべての壁を壊し、心の中に彼を受け入れることになるだろう。それだけの覚悟はまだできていない。

「待つよ」ロレンツォがささやき、指の背でアンジーの頬を撫でた。「だが、いざそうなったときは、ベッドで軽く一戦交える程度ではすまなくなりそうだ」

8

翌週、アンジーはアレクサンダー・ファジーニのショーの準備で、目の回るような忙しさだった。もっとも、ロレンツォとの関係で期待と不安に翻弄されていることを考えれば、ほかに集中すべきことがあるのは幸いだった。

ロレンツォは約束どおりアンジーに猶予を与えつつも、機会や口実さえあれば彼女の肌に触れ、親密な関係になることの心地よさを思い出させる努力を怠らなかった。昨日のリハーサルでは、夫とのセクシーなやりとりをぼんやりと思い出していたせいで、アレクサンダーの質問を二度も聞き逃す失態を演じた。

本番当日の今日は、ひとまず夫のことは忘れて集中しようと意を決し、土壇場の調整にもすばやく対応した。気がつけば夜の七時になっていた。イベントスペースの照明が落とされ、スポットライトを浴びた一人目のモデルがランウェイを歩きだして、ショーが幕を開けた。

今季のショーはアレクサンダーを世界トップのデザイナーに押しあげるだろうという批評家たちの予見どおり、モデルが現れるたびに客席は拍手に包まれた。一時間のショーがアンジーにはわずか数分に感じられた。現在世界最高峰と称されるスーパーモデル、アストリッド・ヨハンソンがランウェイの最先端でポーズをとり、ショーを締めくくった。彼女の雪花石膏《せっこう》のような白い肌に自分が作ったルビーのネックレスが輝いているのを見たとき、アンジーはうれしさにぞくぞくした。ネックレスはアバンギャルドなドレスの四角い襟ぐりと完璧な調和をなしていた。

最前列に座るアンジーの隣で見物していたロレンツォは、身を乗り出して彼女の耳にささやいた。「世界一ギャラの高いモデルが君のジュエリーをつけている。ご感想は？」

「最高だわ」それを言うなら、アレクサンダー・ファジーニのチャコールグレーのスーツに身を包んだロレンツォも最高だった。モデルたちがそばを通るたびに彼に熱い視線を送るのも無理はない。

ランウェイではアストリッドがアレクサンダーと手をつなぎ、ほかのモデルたちを引き連れて再登場したところだった。デザイナーに向けて拍手喝采が巻き起こる。アレクサンダーは満面の笑みで応えたあと、アンジーのほうに来て舞台に上がるよう手招きした。

驚いてもじもじするアンジーの背を、ロレンツォが押した。「行ってこいよ。最高のひとときをたっぷり味わっておいで」

ショーの打ちあげパーティで、ロレンツォは妻がアレクサンダーに連れられて服飾業界の錚々《そうそう》たる面々に挨拶する姿を眺めていた。いずれもこれからのアンジーにとって、大事なコネとなるはずの人々だ。彼女はまばゆいほど輝いている。生き生きとしたその表情に、ナッソーのパーティで初めて彼女と会ったときのことが思い出された。ブルーの瞳をこちらに向けてから、長いまつげを伏せて精いっぱい色っぽい表情を作り、彼女は言ったのだ。

〝一晩じゅうそうして不機嫌な顔をしているつもり？　それとも、私と踊ってくれる？〟

セクシーで大胆な女性を気取っていても、腕の中で踊る彼女からは傷つきやすさとそこはかとない悲しみが感じられた。若さに似合わず、老成したような雰囲気もあった。

当時それが何を示しているのかはわからなかったが、アンジーのそんなところに親近感を覚えたのは確かだった。二人ともあの晩はしばし痛みから逃れたかった。ロレンツォは亡妻の記憶から、彼女は自分を取り巻く複雑な環境から。

じっと見つめるロレンツォの視線に気づき、アンジーがほほえんだ。目もくらむほど明るい笑顔が、ロレンツォの心を揺さぶった。僕は彼女からこれを奪っていたのだ。これほどまでにまぶしく輝く機会を。もう二度とこんな過ちは犯すまい。

アンジーがアレクサンダーに何か言い、話していた相手の女性に会釈をして、ロレンツォのほうに足早に近づいてきた。

「お義母《かあ》さまはお帰りになったの？」

「ああ」ロレンツォは手近なトレイからシャンパンのグラスを二つ取り、一方を妻に渡した。「よろしくと言っていたよ。君のコレクションはすばらしかったと」彼は先回りして言い添えた。「お世辞ではなさそうだった」

アンジーが目をぱちくりさせた。「それは……うれしいわ。楽しんでいただけたのかしら？」

「それはもう。君と母の間にはまだ希望があるかもしれないな」

「あまり期待しないで」

ロレンツォはアンジーの華奢《きやしや》な顎をそっと親指で撫《な》でた。「楽天的になろう。僕たち二人とも」

二人は会場を回ってひととおり挨拶した。照明が落とされ、人気バンドの演奏が始まったころ、ロレンツォは妻のエネルギーがそろそろ尽きはじめていることに気づいた。

そこで彼女を人目の届かないラウンジへ連れていき、自分の膝の上に座らせた。

「ロレンツォ、ここは家じゃないのよ」

「パーティも佳境に入って、誰も僕たちのことなんか気にしてはいないよ」アンジーの腿を引き寄せながら、豊満な体が押し当てられる感触にひたった。アレクサンダー・ファジーニの黒いドレスをまとったアンジーはあまりにも美しく、彼女に触れたい欲求は血管を炎のように駆けめぐりつづけている。ロレンツォはアンジーの耳の縁をそっと唇でなぞった。彼女が身を震わせると、耳たぶに軽く歯を当てた。「今夜の君は輝いていた。まさに僕がずっと求めていた女性だ」

アンジーが身を引き、彼の瞳をのぞきこんだ。「ずっとそう言ってほしかったの。私にとってこの仕事がどれほど大切か、あなたに理解してほしかった」

「ようやく理解できたよ」ロレンツォの声は妙にかすれていた。「これからはちゃんと君の言葉に耳を傾ける。遅くなったが、ずっと気づかないよりはましだろう？」

彼女を守りたい、そしてもう一度僕のものにしたい——そんな思いがふいにこみあげ、ロレンツォはアンジーの頭を支えて口づけした。熱いキスは二人の関係を、それまでとはまったく別の段階へと進めるものだった。

アンジーが情熱的にキスに応えながら、喉の奥からうめき声をもらした。

ロレンツォはささやいた。「君と一つになりたい。この温かい体に身を沈めたい。君が僕以外何も感じられなくなるまで」

めくるめくようなキスの最中、突然の閃光《せんこう》がアンジーの瞳に飛びこんできた。それがカメラのフラッシュだと気づくのに数秒かかった。ロレンツォが彼女の頬を指の背で撫で、皮肉っぽくほほえんだ。「そろそろ帰れって合図だな」

人込みをかき分け、アレクサンダーに別れの挨拶をしに行くときも、ロレンツォがアンジーの背に手を当て、そばに寄り添っていた。

彼の車で家に向かいながら、ニューヨークにつきもののサイレンや車のクラクションよりも大きく自分の血管の脈動が聞こえていた。

ようやくペントハウスに到着すると、アンジーはバッグを椅子に放り投げ、震える脚で窓辺へ歩み寄った。摩天楼の夜景を眺めながら、気持ちを落ち着けようと深呼吸をした。

背後で夫の上着が椅子に落ちる音がした。続いて、硬材の床を歩く足音が聞こえ、アンジーは背筋がぞくりとした。

「君はたまらなくきれいだ」ロレンツォが彼女のウエストを両手で包み、ささやいた。「おかげで心臓が止まりそうになるよ」

アンジーは息をのんだ。凍りついたようにその場を動けない。不安や期待、さまざまな感情が、濃密な雲のように彼女を包みこんでいた。でも、今考えるべきは過去ではなく、未来だ。そして今夜は、自分たち夫婦にも未来があるように感じられる。未来の光はあまりにもまぶしく、触れるのが怖いが、アンジーは触れてみようと決めた。

ロレンツォの腕の中で向きを変え、彼を見つめた。ときに厚い殻の中に閉じこもってしまうけれど、この人こそ、かつてどうしようもなく恋してしまった相手。そして今、彼はもう一度、私の心を奪おうとしている。ロレンツォの瞳にじっと見つめられ、心臓が大きくどきんと打った。アンジーは手を上げ、生えかけた髭《ひげ》に触れた。顎に口づけし、そのままキスでたどっていく。もう一度彼のことを一から知るために。

ロレンツォはアンジーがたわむれるままにまかせていたが、やがて忍耐も尽きたのか、彼女の髪に指を差し入れて仰向かせ、唇をキスでふさいだ。官能を刺激することを目的とした飢えたようなキスは、今夜彼女のすべてを自分のものにすると宣言していた。

アンジーは筋肉におおわれた肩に爪を立て、その求めに正面から応じた。舌をからめ合い、彼の味わいが口の中に広がると、下腹部の筋肉が収縮するのを感じた。

ロレンツォが腰を抱き寄せる。脈打つ熱がズボンの布地越しに伝わってきて、アンジーは思わず喉の奥からうめき声をもらした。彼をもっと感じたくて、自分のほうから下腹部をすり寄せた。

「どれほど君を求めているかわかるかい?」

ロレンツォが唇を触れ合わせたままささやいた。「君のせいでどうかなりそうだよ」

アンジーの全身を震えが走り、膝から力が抜けた。ロレンツォが彼女を窓の下枠に腰かけさせ、膝で脚を開かせた。アンジーは背中を窓枠にもたせかけて、彼の熱い体の感触にひたった。じらすようなキスが続き、やがて炎が出そうなほど肌がほてりはじめた。

ロレンツォのベルトに手をかけたアンジーは、バックルをはずしてズボンの前を開けると、彼の高ぶりをてのひらで包みこんだ。

ロレンツォが低くうなり、アンジーの手をつかんだ。「準備が必要なのは君だ。でないと傷つけてしまう」

「大丈夫よ」アンジーは彼の手を振りほどこ

うとしながら言った。「あなたが欲しいの」

「わかった」ロレンツォはきっぱりと言い、彼女の両手を取ると、窓枠をつかませた。

「ここを離すんじゃないぞ」

そして、アンジーの目を見つめたままネクタイをほどき、床に落としてから、シャツのボタンをはずして脱ぎ捨てた。彼が目の前に膝をついたとき、アンジーの心臓は激しく打っていた。籠にとらわれた鳥のはばたきのように。

ロレンツォがストラップをはずしてパンプスを脇に投げた。もう一方も同じように脱がせると、両手で彼女のそれぞれの足首を持ち、脚を開かせた。

「ロレンツォ……」すべてがさらされそうな恥ずかしさに、アンジーは声にならない声をもらした。

ロレンツォが強いまなざしで彼女を見あげた。「動かないで」

再び震えが全身を走った。ロレンツォはアンジーの膝の内側に唇をつけ、内腿の柔らかな肌をキスでたどりながらのぼってくる。唇でなぞり、そっと歯を当てて刺激する。じれったさにアンジーは唇を噛《か》んだ。

ロレンツォが目的の場所に到達するころにはすっかり体の準備が整い、彼を求めてうずいていた。アンジーは固唾をのんで、彼がドレスの裾を上げるのを眺めていた。たちまち黒いレースのショーツがあらわになる。

ロレンツォは彼女の腿に手を置き、じっと脚の間を見つめている。「僕のためにはいてくれたのかい？」

「ええ」

彼の口元に笑みが浮かんだ。「夫のためにセクシーなランジェリーを着るのはお断りなんじゃなかったのか？」

「セクシーなランジェリー姿で出迎えることまではしないと言っただけよ」

ロレンツォの黒い瞳にいたずらっぽい光が躍る。「なるほど」それから彼は身をかがめ、シルク地越しに舌先で刺激した。アンジーは膝から力が抜けそうになった。窓枠をつかんで体を支えながら、繰り返される舌の刺激に、目を閉じてひたった。

ロレンツォは続いてアンジーの震える腹部にキスをし、シルクの縁に指をすべりこませてショーツを引きおろした。そして再び脚の間に戻ってくると、膝を大きく開かせ、親指を谷間に這《は》わせた。アンジーの全身を熱い血が駆けめぐった。

「そろそろやめようかな」アンジーが思わず手を伸ばすと、彼はたしなめるような表情を作り、その手を窓枠に戻した。「また離したらやめてしまうよ」

アンジーはなすすべもなく目を閉じた。熱い吐息を感じたかと思うと、ロレンツォの舌が最も敏感な部分を正確に探し当て、もてあそびはじめた。アンジーは膝を震わせ、ささやき声で懇願した。彼はゆっくりと舌を這わせ、君を味わっていると最高に興奮すると言った。

アンジーはすでに狂おしいまでにロレンツォを求め、窓枠を握りしめていた。彼は指で円を描くように刺激してから、指を中に差し入れた。そして、わざとゆっくりその指を動かし、彼女に甘美な責め苦を味わわせた。さっきとはまた違う、より深い快感が体の奥のほうで目覚めた。

「僕を見てくれ」ロレンツォの声にアンジーは目を開けた。広げた脚の間にひざまずき、喜びを与えてくれている彼を目にして、快感が頂点に達しそうになった。「こうされるのが好きなのかい？　それとも、僕と一つになりたいのか？」

激しい欲望にあえぎながら、アンジーはごくりと喉を鳴らした。「あなたと……」窓枠を握りしめて答える。「あなたと一緒にのぼりつめたいの」

ロレンツォは妻を抱きあげ、寝室へ運んだ。ベッドのそばに彼女を立たせ、背後に回って、ドレスのファスナーを下ろす。アレクサンダーの作品が板張りの床に流れるように落ちた。

アンジーの肩に手をかけ、自分のほうを向

かせた。ほれぼれするほど美しい彼女の曲線に、しばし見とれる。豊かな胸のふくらみはてのひらに余るほどで、形よくつんと上を向いている。女らしいヒップの丸みの下にはすらりとした脚が続き、その脚が腰にからまる感触を早く味わいたいと渇望せずにはいられない。余裕たっぷりに誘惑するはずのシナリオを貫くのがむずかしくなりそうだった。

ロレンツォは妻をじっと見つめたまま、シャツとズボンをすばやく脱ぎ捨ててから、彼女の腰に腕を回し、裸の胸に引き寄せた。続いて指で顎を支え、唇に長いキスをする。互いの情熱を確かめ合っていると、彼女にしか感じることのない激しい欲望の高まりは、もはやこれ以上耐えられないほどの痛みへとのっていった。

今回、アンジーが伸ばしてきた手を拒むことはなかった。「ああ、そうだ」彼女の耳元でささやく。「ずっと君の手で触れてほしくてたまらなかった」

アンジーの手が熱心に刺激しはじめると、全身が焼けつくようにほてり、震えが走った。ロレンツォは目を閉じ、喉の奥から荒々しいうめき声をもらした。

もうこれ以上は耐えられない。ロレンツォはアンジーの手をどかし、彼女を抱きあげてベッドへ運んだ。フレンチドアから差しこむ月明かりがアンジーの顔を照らしている。この美しくも傷つきやすい姿が彼女の本質なのだと、ロレンツォはようやく理解しはじめていた。

アンジーの背中に手を回し、ブラジャーを取り去った。ふっくらした胸の先端に親指を這わせたとき、彼女の震えが伝わってきた。

「食べごろに熟れた果実だ」ロレンツォはささやき、その先端を口に含んだ。もう一方の胸のふくらみを手でもてあそびながら、唇と舌で刺激すると、先端が硬くなった。

アンジーがあえぎ、彼の髪に指を差し入れる。「お願い……」

ロレンツォはベッドにのり、アンジーの両脚の間に腰を割りこませた。

「欲しいのかい、カーラ?」

アンジーは大きなブルーの瞳をまっすぐに彼に向け、うなずいた。

「どれだけ欲しいか、言ってごらん」

「全部よ」彼女が息をはずませた。「あなたのすべてが欲しいの」

ロレンツォはマットレスに手をついて体を支え、ほんの少し腰を前に出して、高ぶりをわずかに沈めた。

「ロレンツォ」アンジーが吐息混じりに彼の名を呼び、腰を上げて迎え入れようとした。

「欲しくてたまらないの」

男としての根源的な満足感がロレンツォを満たした。アンジーが去り、ほかのどの女性にも癒やされることがなかったあの時期、夜ごと彼女の記憶がロレンツォの欲望をもてあそんだ。今こうして懇願させることで、その鬱憤が晴れた。ずっとこれを求めていたのだ。

ロレンツォは頭を下げ、アンジーの唇に舌を這わせた。彼女の体は温かいシルクの手袋のように彼を包みこんでいる。「もうあと戻りはできない」彼はかすれた声で言った。

「前に進むだけだ。わかっているね?」

「ええ」アンジーが焦点の定まらない目で、せかすように腰を上げた。「もっと……」

アンジーの熱に包みこまれ、ロレンツォは歯を食いしばった。小刻みな震えが彼女の体から伝わってくる。彼はアンジーをクライマックスへ導くべく、腰を激しく動かしはじめた。いつもの洗練されたテクニックなど忘れ去り、ただひたすら彼女を駆りたてた。

アンジーは体を浮かせて動きを合わせ、すべてを貪欲に受け取ろうとした。ロレンツォは片手で体重を支え、もう一方の手を彼女の脚の間に差し入れて、最も敏感な部分を刺激した。

「君が感じているのが伝わってくるよ。そうだ」アンジーのかすかな痙攣《けいれん》を感じながら、彼は言った。「言ってごらん、カーラ」

愛撫《あいぶ》をさらに続けたところで、アンジーがのぼりつめた。振り絞るようなうめき声に続き、きつく締めつけられる感覚に、彼自身も頂点にのぼりつめようとしていた。アンジーの奥深くに身を沈め、すべてを解き放ったとき、彼女が二度目のクライマックスを迎えたのを感じた。

妻が眠りに落ちたあとも、ロレンツォの目は長い間さえたままだった。柔らかく温かいアンジーの体が胸に寄り添っている。互いの体がぴったりと合わさるさまは、まるでパズルの失われたピースを再び見つけたかのようだ。

ロレンツォは胸に重苦しさを感じ、妻を抱く腕をほどいて、頭上の天窓越しに空を眺めた。今夜、一線を越えてしまったのはわかっている。アンジーとの関係には感情を持ちこまないはずだったのに……。気をつけないと、決して足を踏み入れてはならない道に迷いこみ、途中で立ち止まることになる。そうなれば傷つくのは僕ではなく、アンジーのほうだ。

アンジーが出ていったとき、彼女を愛していることに気づかされた。今回、油断をすれば、アンジーをより深く愛することになる。ルチアとの間にあったのは清らかで純粋な初恋で、アンジーとの間にある激情とは根本的に異なるものだ。以前はまだ成熟しきっていなかったアンジーを思い、自分自身の愛情に蓋をして、気づかないふりをしていたのだ。

当初の不安は間違っていなかった。雲にお

おわれた夜空を見あげながら、ロレンツォは思った。アンジーは夫婦の関係が悪化したと見るなり、すぐさま僕を捨てて出ていった。結婚の誓いなどなかったかのように……。だからこそ今回も、どこかで線を引いておくことが必要なのだ。

やはり当初の計画どおりにするのが賢明だろう。妻を前にしてもまったく動じなくなるまで、情熱を燃やしつくせばいい。

アンジーをベッドに連れ戻した今、それこそがロレンツォの進むべき道だった。

9

ロレンツォは受話器を手にため息をついた。

マルコ・バヴァロが南米から帰るまで二週間待たされ、ようやく面談がかなうと思いきや、さらに二週間先にマヨルカ島の彼のホテルで会おうと提案された。取り引きを成立させるにはスペインまで来いというのか？　マルコもグローバル企業の経営者かもしれないが、こちらはその三倍の規模の会社を回している。どこにそんな時間があるんだ？

「お誘いはありがたいが、こちらも多忙をきわめていてね。その前に都合がつかないかな？」

「今ロンドンに向かっているところだ。次にニューヨークに戻るのは十月の半ばになる」

それでは遅すぎる。取締役会までに結果を出さなければ。「わかった。なんとか都合をつけるよ。それで、日程は？」

「二日ほど滞在するといい。最初の晩は弟のディエゴも呼んで一緒に食事をしよう。翌朝、経営幹部レベルの会議をするということで。あ、そうだ」マルコが急に意味ありげな口調になった。「美人の奥さんを忘れずに連れてきてくれよ。ペニーも喜ぶからな」

アンジーは今忙しく、行けるかどうかわからないと答えたが、マルコはジェットエンジンの騒音の中、挨拶もそこそこに電話を切った。

ロレンツォはしかたなく、秘書のジリアンに予定を空けるよう伝えたものの、問題はアンジーだった。彼女をスペインに同行させるには、何か一計を案じなければ。アレクサンダー・ファジーニのショー以来、彼女の工房には注文が殺到している。なんとか対応するために、パートタイムのアシスタントを二名雇い入れたほどだ。

夫婦関係はきわめて良好だった。二人ともゆずり合うことを学び、ベッドの中でも外でも理想的なコミュニケーションが取れている。せっかくうまくいっているのに、こんなことで波風を立てたくはない。

ロレンツォはしばらく考えた末、妙案を思いつき、受話器を手に取った。

「提案があるんだ」

アンジーは携帯電話を耳に当て、手にしていたペンチを置いた。夫の低い声を聞いただけで、肌を熱波が走る。少しかすれているのは、尋常ではない時間を仕事につぎこんでいるせいだろう。

「あなたがちゃんと寝られる話なら、喜んでお受けするわ。今朝は何時に家を出たの？」

「五時だ。いい勘をしているね。実は僕たち二人とも寝られる計画だ。いや、睡眠はそれほど取れないかな」

アンジーの胸の鼓動が乱れた。アレクサンダーのショーの晩以来、二人はいくら求めても足りないような状態が続いていた。もちろんそのせいで寝不足になっているが、それについて文句を言うつもりは毛頭ない。ただ、まばたき一つしただけでこの幸せな魔法から覚めてしまいそうに思えるのが怖かった。

「それで、提案というのは？」

「マルコ・バヴァロをつかまえる唯一のチャンスは、二週間後にマヨルカ島の彼のホテルに行くことだけなんだ。ペニーも同行するらしい。マルコは君にも来てほしいと言っている」

アンジーは額にてのひらを当てた。「クリスマスまでは仕事が詰まっていて……」

「それもあって誘うことにしたんだ。今回スペインに来てくれたら、十月のホテルのオープンまでは夫婦同伴の席に出なくていい」

「どうするの？　あなた一人で行くの？」

「ああ《シ》」

女性たちに取り囲まれるとわかっていながら夫を一人で社交の場に送り出すのは、あまり気が進まない。今の状況で一週間海外へ出るのも賢明な判断でないことはわかっているけれど、いつも私を気遣ってくれるロレンツォの提案を、どうしたらむげに断れるだろう？　施設に母を訪ねるときもそばで支えてくれるし、手に負えないほどの仕事が舞いこんできたとき、アシスタントを雇うよう勧めてくれたのも彼だ。

「会合のあとはポルトフィーノへ連れていくよ」夫の声がセクシーな響きを帯びた。「二人で村を散歩して、君が気に入っていたあのシーフードレストランにも行ってみよう」

アンジーの胸ははずんだ。リヴィエラの小さな漁村で過ごしたハネムーンは、夫との思い出の中で最もきらめいていた時間だ。

あの場所に戻れば、当時の思い出もよみがえることになるだろう。それに対して心の準備ができているかどうか自信はないものの、ひょっとしたらそれが今の自分にいちばん必要なことなのではないかとも思える。

「どうだい？　イエスと言ってくれ。僕たちにとってもプラスになるはずだ」

アンジーは息をついた。「わかったわ。でも、長くて一週間よ。あと、約束はちゃんと守ってね」

それから二週間、アンジーは死ぬ気で働き、依頼された作品を前倒しで完成させた。手のかかるものは自分が帰ってから仕上げることにし、残りをアシスタントたちにゆだねて、ロレンツォとともに自家用機でマヨルカ島に向かった。

自分が思った以上に疲労困憊《こんぱい》していることに驚きながら、夕食後すぐにシートを倒し、黙々と働きつづける夫の隣で眠りについた。

目を覚ましたとき、黒い瞳がアンジーをのぞきこんでいた。ロレンツォが彼女の唇にキスをした。「眠り姫さま、お目覚めください。もうすぐ着陸するよ」

アンジーはまばたきをした。「まさか」

「本当だ。せいぜいあと三十分だろう。顔を洗っておいで。着陸前に朝食をとろう」

アンジーは座席を離れて寝室へ行くと、しわになった服を着替えて化粧を直した。それでも気分は夜中の二時だ。食欲はなく、コーヒーとオレンジジュースを口にするのが精いっぱいだった。

飛行場で待っていた運転手付きの車が、二人をマヨルカ島の北西部にある静かな山地へ運んだ。世界有数の高級ホテルとして名高い〈ベルモント・マヨルカ〉は、山間《やまあい》に位置し、領主館《マナーハウス》風の石造りの建物からは中世の趣が残る村を一望することができた。

アンジーは依然として疲れが取れず、午後、ロレンツォがマルコと協議している間じゅう、広々としたスイートルームで昼寝をした。遅い時間のディナーに合わせてなんとか天蓋付きのベッドから出てシャワーを浴びたものの、体は相変わらず鉛のように重かった。

これほどの疲労感は、妊娠初期に経験して以来だわ。ディナー用のドレスを選びながらふと思った。次の瞬間、血が凍りついた。まさか……ありえない。そうよ、ずっと避妊用のピルをのんでいるのに。

念のためバッグの中を確認したが、間違いなくちゃんとのみつづけている。ほっとしたそのとき、歯を治療した際に渡された抗生剤が目に入った。そういえば今日はのんでいなかったと気づき、一錠口に入れて水で流しこみ、またクローゼットに戻った。

クリーム色のジャージー素材のワンピースをハンガーからはずし、手を止めた。急に吐き気がこみあげた。抗生物質と避妊用ピルを一緒に服用すると避妊効果が薄れると、どこかで聞いたような気がする……。

　ロレンツォはシャツのボタンを留めながら鏡の前のアンジーを眺めた。膝丈のクリーム色のワンピースを着て、花柄のスカーフをふわりと首に巻いた姿はいつもながらとても美しい。だが、彼が目を留めたのは、どこか思い悩んでいるようなアンジーの表情だった。

「どうかしたのかい？」

「ちょっと疲れているだけよ」

「疲れていることをあやまる必要なんてない。ただ、具合でも悪いのかと思って気になっただけだ」

「大丈夫よ」アンジーはまた鏡のほうを向き、耳の後ろに香水をつけた。

「仕事のことが気になるのかい？」

　彼女は首を横に振った。「仕事なら問題ないわ。戻ったら遅れを取り戻すから」

「だったらなんなんだ？」

　アンジーが振り向き、眉間にしわを寄せた。

「心配しないで。大丈夫だって言っているのに」ロレンツォが問いかけるように眉を上げると、彼女はため息をついた。「仕事でストレスがたまっているだけよ。それに時差ぼけもつらいし」

　ロレンツォは妻に歩み寄った。オリエンタルな香りは、セクシーなアンジーによく似合う。「仕事のことは忘れて、旅を楽しもう」

親指で彼女の頬を撫《な》でた。「あれだけがんばったんだ。たまには休まなくては」

アンジーがこくりとうなずいた。

バヴァロ兄弟とのディナーの席は、山々の壮大な眺めで名高いホテルのテラスレストランに設けられた。ベルモント社の大株主でもあるマルコの弟ディエゴは、妻のアリアナを伴って現れた。マルコも恋人のペニーを同伴し、六名で囲むにぎやかな食卓になった。

買収協議ではこれまであまり表に出なかったディエゴは、いかにも地中海人種らしい褐色の肌と引きしまった体は兄とよく似ているものの、なかなか腹の内を見せないマルコとは異なり、外交的で話し好きな人物だった。

ロレンツォは彼の本音を引き出せれば話し合いも大きく進展するのではと考え、一同にワインの酔いが回ったところで、さりげなく切り出してみた。「僕としては君たちが契約をためらっているように感じるんだが、法的規制にも問題ないとなると、その原因はなんなのだろう?」

ディエゴがワインを一口飲み、グラスを置いた。「実は父が心配しているんだ。売却することでベルモント・ホテルの歴史がとだえてしまうんじゃないかとね。君は自分のホテルチェーンがこれまで進出していなかった地域の集客率がいいホテルだけを残して、ほかを処分するつもりじゃないかと」

ロレンツォの脈はいっきに速まった。それはまさに彼が意図していることだった。バヴァロ家の連中はそこまで見抜いていたというわけか？

「その件は我が社のやり方で評価することになると思う」彼は冷ややかに返した。「今回はこちらも相場の一・五倍以上という破格の値をつけている。その額を考えれば、先行きを案じる気持ちも吹き飛ぶんじゃないか？」

「世の中、金がすべてじゃないからね」ディエゴが答えた。「我が一族の誇り、国家の誇りの問題なんだよ。スペイン人にとって、ベルモント・ホテルは世界的成功のシンボルなんだ。外国の企業に吸収されるというだけでもショックなのに、名前まで消えてなくなるとなるとね。百年の歴史を軽んじる行為じゃないのかな」

「いや、重要なのは価格だ」ロレンツォは反論を一蹴した。「この世に永遠なんてものはない。あと一、二年もすれば、君たちは僕が提示する額の半分で売らなければならなくなるだろう」

「そうかもしれないな」ディエゴが肩をすくめた。「とにかく、親父《おやじ》を満足させたいなら、契約条項にホテルの名を残すと明記してくれさえすればいい」

ロレンツォはなんとか怒りを顔に出さずに抑えこんだ。「いったいなんのために？　この取り引きでリッチ社は世界一の高級ホテルチェーンを持つことになる。ブランドとして名前を二つ持つのは逆効果だ」テーブルが沈黙に包まれる。ロレンツォはディエゴを見つめた。「なぜ今になってこんな話が出てきたのか、理由を聞かせてもらえるかい？」

「このところ、親父がだいぶ感傷的になっていてね。だからといって取り引きをやめるということにはならないが」

ロレンツォの頭の中をさまざまな考えが駆けめぐった。自分の父もそういう事態になったら同じことを望むだろう。一族で受け継いできたものが跡形もなく消えてなくなることに耐えられないに違いない。ただ、腹立たしいのは、土壇場になってこの問題が浮上したことだ。それによって取り引きの全容が変わってしまう。

「今回の取り引きはなんとしてでも成功させなければならない」ロレンツォは落ち着いた口調で言った。「君のお父さんが障害にならないようにしてもらうしかないな。売却後のホテルに関わる条件はいっさい聞き入れることはできない」

ディエゴの瞳がきらりと光った。「まあ、もともとこちらは売りたいとは思っていないんでね」

ロレンツォはそこで初めて、とてつもなく大きな問題に直面していることを悟った。

夫を待つ間、アンジーはスイートルームを意味もなく歩き回っていた。食事のあと、ロレンツォはバヴァロ兄弟とブランデーを飲むことになった。緊迫した席から解放されたことはありがたかったが、彼女には彼女なりの解決しなければならない問題があった。

アレルギーの薬を買いたいという名目でペニーに薬局まで車で送ってもらい、妊娠検査薬を二つ購入した。そして今、陽性の反応を示すスティックが二本、バスルームのごみ箱に捨てられている。

どうしてこんなことになったの？　運命のいたずらとはまさにこのことだわ。

息苦しさを覚えながら窓辺に歩み寄り、闇に包まれた山々を眺めた。子供が大切な授かりものだということはわかっている。二十二歳で初めて妊娠したときでさえ、いい母親になれるのだろうかという不安はあっても、おなかの子供に対する強い愛情を感じた。

今もその点に変わりはないが、たまらなく怖かった。最悪のタイミングだ。宝飾デザイナーとして一生に一度のチャンスがめぐってきたというのに、仕事と母親業、さらにはロレンツォの妻としての社交上の役割をすべてこなすなど不可能に近い。それ以上に、再び子供を失う危険があると思うと、パニックに襲われ、いても立ってもいられなくなる。

なぜよりによって今なの……？

この場から逃げ出したい衝動に駆られたとき、スイートルームのドアが開いた。夫が入ってきて、深刻な表情でまっすぐにバーカウンターに歩み寄り、スコッチをついだ。

「どうかしたの？」

「どうしてもベルモントの名を残したいそうだ」

「二人のお父さまに会ってみたら？　その人が反対しているんでしょう？」

「マルコとディエゴを差し置いて会うことになるから、それは最終手段だな」

「これまでそういう話はいっさい出なかったの？」

「出たら僕だって覚えているよ」

その皮肉っぽい口調を聞き、過去の記憶がよみがえった。あのときのロレンツォと同じだ。一瞬にして他人のように冷たくなってしまった彼と……。今のロレンツォには、自分のゴール以外は何も見えていないのだ。

アンジーは自分の体に腕を回した。「あなたにとって大事な取り引きだということはわかっているけど、ときにはあきらめることも必要なんじゃないかしら。そうでないと、あなた自身が消耗してしまう」

ロレンツォが射るような目で彼女を見た。

「僕一人の問題じゃない。一族の名声がかかっているんだ。すでに取り引きの噂《うわさ》が広まっている。買収を成功させる以外、道はないんだよ」

「成功しなかったらどうなるの？　あなただって人間だもの、失敗することもあるわ。今まで五十件の買収に成功したんだから、株主たちの信頼はそんなことでは揺るがないはずよ」

ロレンツォが奥歯をぐっと噛《か》みしめた。

「君にはわからないんだ」

「ビジネスのことはわからないけど、自分の気持ちはわかるわ。あなたは前にもそんなふうになったことがあった。そして、そのあとは決まって殻に閉じこもってしまうの。またあんなふうになるかと思うと、心配なのよ」

「心配いらない」ロレンツォが突き放すように言った。「僕たちはうまくいっているじゃないか。わざわざ先回りして心配するのはやめるんだ」

全部私の取り越し苦労なの？　時差ぼけのせいで頭痛がした。情緒不安定になっているのは自分でもわかる。妊娠を打ち明ければ、過敏になる理由もわかってもらえるだろうが、今は彼に話すべきときではない。

「お互い率直になんでも話し合おうってあなたが言うから、言ってみただけよ」

ロレンツォが近づいてきて、アンジーの唇

に短くキスをした。「だから僕もこうして言っているんだ。君が心配する必要はない。仕事のせいで少し気が高ぶっているだけだよ」

彼は頬に触れながら、まなざしをやわらげてアンジーを見つめた。「疲れているようだな、先に休むといい。僕もすぐに行くから」

アンジーは素直に従ったものの、夫が当分そばに来ないのはわかっていた。広すぎるベッドに横たわり、これまで数週間の親密さが失われてしまったようで、たまらなく怖くなった。これから私たちはいったいどうなってしまうの？

10

ポルトフィーノは、アンジーの記憶どおり絵画のように美しかった。細い石畳の通りにパステルカラーの家々が立ち並ぶリヴィエラ独特の景観が広がり、港はレストランや豪華なホテルでにぎわっている。

ロレンツォは海辺にあるアンジーのお気に入りのレストランへ連れていってくれた。前夜の不機嫌さは消え、妻一人に関心を向けて気遣ってくれている。だが、彼にじっと見つめられると、自分が秘密を抱えていることが後ろめたくなった。アンジーは落ち着かない気分で水のグラスをもてあそんだ。

もちろん時機を見て彼に話そうとは思っているが、マヨルカからの機内でもロレンツォはずっと仕事をしていた。今は今で、食事中にいきなり切り出すような話題ではないと思える。当面はこの旅行を楽しんでいるふりを精いっぱい演じるしかなかった。

ロレンツォが酒のメニューを閉じ、ウェイターに返してイタリア語で言った。「やっぱりお勘定を頼むことにするよ」

「ブランデーを飲むんじゃなかったの？」

「家でエスプレッソをいれることにする」

表情を見る限り、ロレンツォはこちらの演技を見抜いているようだ。手をつないで丘の上の別荘へと帰る間も、アンジーの緊張は高まる一方だった。

オクタヴィアが都会の喧騒《けんそう》に疲れたときに訪れるというこの別荘は、白漆喰《しろしっくい》の壁に濃いピンクと珊瑚《さんご》色の二色のブーゲンビリアが咲き乱れ、見るからにこの世の楽園だった。

夫がエスプレッソをいれる間、アンジーはテラスに出て、風が髪を撫《な》でるのを感じながら美しい景色を眺めていた。

ロレンツォもテラスに出てくると、海を眺めるように配置された椅子に腰を下ろし、コーヒーカップをテーブルに置いた。まっすぐなまなざしを向けられ、アンジーの心臓は大きくどきんと鳴った。「何を悩んでいるのか、話してくれるかい？」

「ロレンツォ……」

「アンジェリーナ」落ち着いた表情にかすかに怒りがのぞく。「何度言ったらわかるんだ？　ちゃんと話してくれなかったら、問題を解決することもできない。食事の間も、君が打ち明けてくれるのを待っていたんだぞ」

「ゆうべはあなたの機嫌がよくなかったし、レストランで話すようなことでもないと思って……」

「昨日夕食に出かける前に、どうかしたのかと尋ねたら、君は大丈夫だと言った。そのあとベッドで一人で泣いていたくせに」

アンジーは驚きに目をしばたたいた。「どうして知っているの？」

「寝るときに顔をのぞいたら、頬に涙の跡がついていたよ」

アンジーは観念し、自分の体を抱いて、深く息をついた。「昨日、どうしても疲れが取れないから理由を考えていて、抗生物質をのんでいることを思い出したの」

ロレンツォの表情が凍りついた。「それがどうかしたのか？」

「抗生物質を避妊用ピルと一緒にのむと、その働きを弱めてしまうのよ」アンジーは静かに言った。「ロレンツォ、私、妊娠したの」

ロレンツォの顔は無表情そのものだった。今はただ不安しかないの。そんなふうに感じ反応が現れているのは瞳だけだ。あらゆる感ている自分がいやでたまらないけど……」情が渦巻く黒い瞳を見て、アンジーの胸は締ロレンツォのまなざしがやわらいだ。「こめつけられた。っちへおいで」

「なぜわかったんだ？」

震える脚で近づいていくと、ロレンツォは

「ペニーに薬局に連れていってもらったの」アンジーを膝の上に座らせ、腕を回した。

長い沈黙が流れ、アンジーは耐えきれずに尋「不安に思うのは当然だ」彼女の髪に唇を寄ねた。「何を考えているの？」せ、ささやく。「僕たちは一人目の赤ん坊を

「受け止めようとしているところだ」ロレン失った。あまりにも突然で、恐ろしい出来事ツォの声はかすれていた。「もう少し先のこだった。誰も予想していなかった」

とだと思っていた。君は不安なのかい？」

アンジーは目を閉じ、ロレンツォのぬくも

アンジーはうなずいた。激しい感情がこみりにひたった。朝、腹痛で目が覚め、何かがあげてきて、唇が震えた。「すばらしいことおかしいと気づいて不安に震えたこと。あまだと思うべきでしょうし、実際そう思うけど、りにも尊い存在を失い、自分の一部がもぎ取

られるように感じたこと。だが、何より彼女を苦しめているのは、自分の心のありようが原因だったのではないかと、疑いを抱いてしまうことだった。母親になる準備ができていないのではないか、いい母親になれないのではないかという不安が一因だったのかもしれないと……。もちろん、彼にその思いを打ち明けたことはない。

アンジーはロレンツォのTシャツの柔らかな生地をつかんだ。「このことで私たちがどうなってしまうのか不安なの。せっかく今はうまくいっているのに、ストレスがのしかかってきたら、どうなってしまうのかしら」

「乗り越えていけばいいんだ」ロレンツォが静かに言った。「ほかのことすべてを乗り越えてきたように。人生はときとして意地悪なカーブを投げてくる。それは一生続く。そういうものなんだよ、アンジェリーナ」

「わかっているけど……」アンジーは唇を噛《か》んだ。「でも、私の仕事はどうなるの？　せっかくここまで来たのに。ただでさえ必死に働かないと追いつかないのよ。子育てとどうやったら両立できるのかしら……」

「まずはアシスタント二人にフルタイムで働いてもらうようにするんだ。必要な対策を一つずつ講じていけばいい。幸い、金銭的なことは心配いらないからね」

「養育係《ナニー》を雇いたいと言ったら？」

ロレンツォの表情がこわばった。「その件についてはじっくり話し合おう」

彼が乗り気でないのが伝わってきた。「私は家にいて、子育てに専念すべきだと思っているのね。あなたのお母さまのように」

「ある程度譲歩しなければならないのはわかっている。ただ、ナニーに僕たちの子供を育てさせることについては気が進まない。子供には母親が必要だ。その点については、君が誰よりもよく知っているだろう」

何が自分の中に暴力的とも言えるほどの反応を引き起こしたのか、アンジーはわからなかった。背筋を炎が走り、頬がかっと熱くなった。ロレンツォが自分の完璧な家族を基準に話そうとしているからだろうか？　それとも、私のことを母親のお粗末な子育ての産物と見て、我が子には同じ轍《てつ》を踏ませたくないと考えているから？

アンジーはロレンツォの胸を押しのけるようにして立ちあがると、腰に手を当てた。

「アンジェリーナ……」

「そうね、あなたの言うとおりよ」吐き捨てるように言った。「いやというほど知っているわ。ついでに、自分の人生が制御不能になるのはどんな感じかも知っている。あなたが言うそのカーブとやらを毎日のように投げられて、次はいったい何が起きるのか予想もつかなくなってしまうのよ。子供時代に数々の危機を乗り越えてきたという点では、エキスパートと言ってもいいかもしれない。だからこれだけははっきり言える。私は絶対に自分の子供をないがしろにしたりしませんから」

ロレンツォが顎にぐっと力を入れた。「そんなことは言ってない」

「いいえ、言っているわ」アンジーも顎を上げた。「パートタイムのナニーを雇うのが子供の成長に有害だとは私は思わない」

「さっきはパートタイムなんて言わなかった。ただナニーと言っただけじゃないか」

「だったら今言うわよ。この点については、私もちゃんと意見を言わせてもらうわ。あなたに何もかも決められたり、自分の希望をことごとく却下されたりするのはいやなの。もしもそういう態度に出るんなら、リッチ家の跡取りを連れて出ていきますから」

ロレンツォの細めた目の奥で炎が燃えている。「落ち着くんだ、いとしい人《カーラ》。あとで悔いるようなことは口にしないほうがいい。君は過剰反応しているだけだ」

「過剰反応？　私を脅迫して、結婚生活に引き戻したのはあなたじゃないの」

「そうだ《シ》」ロレンツォが白い歯を見せて自信満々の笑みを浮かべた。「そして君も、僕たちの結婚生活に関して努力することを約束した。ついでだから言っておくが、君からこのニュースを聞かされたのはほんの数分前だ。

自分が父親になるという事実をきちんと受け止めるだけの時間がなかった。少しは考える余裕をくれないか」

アンジーの胸に罪悪感がわきあがった。自分でも過剰反応ではないかという気がしたが、どうしても怒りを抑えられなかったのだ。

ロレンツォがアンジーのウエストに腕を回し、もう一度膝に座らせた。「君には感情的になって今あるものを投げ捨てようとする癖がある。僕は君に指図する立場じゃないし、そうするつもりもない。二人で話し合って、お互いにいちばんいい方法を見つける努力を続けていこう」

アンジーはしばらくじっと彼の顔を見てから、深呼吸をし、うなずいた。

「それにしても、今の僕の発言のうち何がそれほど気に障ったんだい?」

アンジーは少し考えてから答えた。「一つはお義母《かあ》さまね。あなたがお義母さまを、完璧な家族を作りあげた母親の鑑みたいに崇《あが》めていること。もう一つは私自身のこと。いい母親になれるかどうか、自信がないの。いい母親の遺伝子を持っていないような気がして」

ロレンツォのまなざしが穏やかになった。

「君は妹と深い愛情で結ばれている。おまけに、十五歳のときから自分の母親の母親役を務めてきた。それだけ見ても、いい母親になれそうな気がしないか？」

血管をめぐっていたアドレナリンがようやく引き、呼吸も穏やかになった。アンジー自身はそんなふうに考えたことはなかった。ただ、確かにもう少し自分自身を評価してもいいかもしれない。

同時に、何かがうまくいかなくなると自分から壊してしまいたくなる癖についても、改めて気づかされた。「動揺して、どうしたらいいかわからなくなったとき、怒りに逃げるのは私の悪い癖ね」

「僕もようやく理解できたよ」ロレンツォがまっすぐアンジーを見た。「君が不安のせいで僕たちの関係を断ち切ろうとするのを見過ごさないように気をつける。この赤ん坊は僕たちがやり直すために与えられた二度目のチャンスだ。僕は覚悟を決めて踏ん張るつもりだから、君もそうしてほしい。僕たちがここで築こうとしているもののために」

アンジーはうなずき、額を彼の胸につけた。「わかっているわ。ごめんなさい。悪い癖がなかなか抜けなくて」

ロレンツォがアンジーの顎を支え、上を向かせてキスをした。彼女は飢えたように応えた。このキスで不安をすべてぬぐい去ってほしかった。

アンジーも心の奥底では信じていた。今二人が築こうとしているものは、前回よりももっと強固で、もっと現実味があるのだと。そう、ただこの不安を乗り越えればいいだけ……。

ロレンツォがアンジーの髪に指を差し入れ、キスを深めた。アンジーは自分のすべてを捧《ささ》げるかのようにキスを返した。二人の間に燃えあがった炎は、より熱く、より鮮やかにすべてを包みこんだ。ロレンツォはワンピースの前のボタンをはずし、腿の間に手を差し入れると、巧みな指使いで彼女の欲望を極限まで高めた。

室内に入ろうと呼びかけられても、すでにクライマックスに近づきつつあったアンジーは、今すぐここで抱いてと懇願することしかできなかった。ロレンツォはズボンの前を開け、椅子に座ったまま彼女と一つになった。その動きはあまりにも抑制がきいていて、アンジーはじれったさに身を震わせ、彼のうなじに手を回した。ロレンツォの美しい顔にははっきりと喜びが刻まれている。さすがの彼にも隠し切れない感情を目にして、アンジーの胸にも堰《せき》を切ったように思いがあふれた。

アンジーは自分からキスをしてせがんだ。

「もっと」

ロレンツォは彼女の腰をつかみ、奥深くまで満たした。

その瞬間、アンジーは悟った。私はこれまで一度も彼を愛するのをやめたことはなかったのだと。彼への思いをずっと否定しつづけていたことが、今となっては信じられなかった。けれども、それを認めることで、言いようのない不安が背筋を駆けあがるのを感じた。

アンジーはまっすぐロレンツォの瞳を見つめながら、自ら腰を動かした。彼の力強さが伝わってきて、それがアンジーをこれまで感じたことがないほど深い歓喜へと駆りたてた。

「ロレンツォ……」その瞬間、思わず彼の名を呼んだ。数秒後、彼もうめきながら、アンジーに続いて高みへとのぼりつめた。たまらなく官能的であると同時に魂を揺さぶられるような行為に、彼女は息をすることも忘れていた。

どれくらいそうしていただろう。二人はしばらくそのまま抱き合っていた。やがてロレンツォがアンジーを抱きあげ、寝室へと運んだ。宵闇に包まれたベッドの上で、アンジーは彼と手足をからめたまま心地よい眠りに落ちた。

早く駆けつけなければ。

ロレンツォは自分の激しい鼓動を聞きながら、指紋認証のスキャナーに指を押しつけた。通りの車のライトが、赤いドアの〝二九〟の文字を照らし出す。

認証装置が緑に点灯するなりドアを開け、薄暗い一階を見渡した。異常はない。

ルチアは書斎から電話してきていた。二階への階段を駆けあがる。階上から低い男の声がする。侵入者たちがまだいるのだろうか？

壁に背をつけ、前方をうかがいながら廊下を進み、中から明かりのもれる書斎のドアにたどり着いた。

半開きのドアを押し開け、中に踏みこんだところで、思わず足を止めた。一面の鮮血。マホガニーの床に金属的な輝きを帯びた真っ赤な血が広がっている。その中央にあるデスクにもたれ、ぐったりしている女性の姿……。

周囲の世界がぐるぐる回りだす。彼女のほうに足を踏み出した。助けなければ。すると、誰かが腕をつかんだ。振り払おうとしたそのとき、警官の金色のバッジが目の前に突きつけられた。

遅かった。おまえはいつだって遅すぎるんだ……。

ロレンツォはベッドの上でがばっと上半身を起こした。顔から汗が飛び散る。胸が悲しみと恐怖に締めつけられ、鼓動が乱れていた。隣に寝ている女性がルチアではなくアンジーだと気づくまで、数秒かかった。

僕はポルトフィーノの別荘でアンジーと寝ているのだ……。

アンジーが隣で寝返りを打ち、ロレンツォ

に触れようと手を伸ばしてきた。彼女の背中を撫で、まだ寝ているようにとなだめた。アンジーは枕を抱き、また眠りに落ちた。

呼吸を整えながらベッドを出て、妻を起こさないよう客用寝室のバスルームで冷たいシャワーを浴びた。両手を壁につき、水の流れがほてりを冷ましてくれるのを感じた。

頭がいくらかすっきりしたところで、腰にタオルを巻いてテラスに出た。一時期は夜ごと襲われていた悪夢だが、もうずいぶん長いこと見ていなかった。

山々を染めながら昇るまぶしい太陽を眺めた。僕は父親になる――それは喜ばしいことだ。だが、これほど早く実現するとは思わなかった。アンジーと同じように、ロレンツォもまた複雑な感情を抱えていた。

ルチアの死によって精神的に深い傷を負ったあと、アンジーのおなかの子供を失ったとき、たび重なる喪失を受け止めることができなかった。そして、自分でもどうすることもできないまま心を閉じた。何も感じないようにするためには、アンジーを遠ざけるしかなかった。彼女が最も夫の支えを必要としているときに……。

ロレンツォは肋骨《ろっこつ》の奥に鈍い痛みを感じ、奥歯をぐっと噛みしめた。もう二度とあんな過ちは繰り返さない。アンジーとの関係は、現実的で堅固な理性の土台の上に築きあげるのだ。夫として常に安定して彼女を守れる存在でなければならない。

妻との関係に感情を持ちこめば、またもや危険な領域に足を踏み入れることになる。感情に振り回されないよう極力気をつけてきたつもりだが、どうもうまくいっていないようだ。今後はこれまで以上に気を配らなければ。決して感情の一線を越えないように……。


アンジーは豊かなコーヒーの香りと魅惑的な男性の匂いに鼻をくすぐられて目を覚ました。「朝食の用意ができたよ」夫のセクシーな声が耳元でささやく。

目を開けると、ロレンツォはすでに着替え、髭《ひげ》をきれいに剃《そ》っていた。彼のおはようのキスは、胸がきゅんとなるほど甘くやさしい。

「村でペストリーを買ってきた」ロレンツォがベッドに置いたトレイを指さす。

「チョコクロワッサン？」

夫は私の弱点をすべて知りつくしている。アンジーはエスプレッソを飲みながらロレンツォを見つめた。明るい表情をしているが、目の下には隈《くま》ができている。

「ゆうべ、よく眠れなかったの？」

「朝早く起きただけだよ」彼は皿からクロワッサンを取り、アンジーに手渡した。「散歩の帰り道に考えていたんだ。ベルモント・ホテルをリッチ社のホテルチェーンに組みこむ際には全面的な改修工事をするんだが、君の店はホテルのイメージにぴったりだ。カーマイケル工房の店をホテル内に開くというのはどうかな？」

「まだ買収が決まってもいないのに、少し気が早くない？」

「買収は必ず成功する。二つのブランドの理想的な融合だ。どうだい？」

ロレンツォが本気で言っているのだと気づき、アンジーの胸は締めつけられた。そこまで自分の力を信じてくれることを、少し前だったら手放しで喜ぶことができただろう。でも今は、おなかの子供のことを最優先に考えなければ。

「そう言ってもらえるのは本当に光栄だけど、ただでさえ手に余るほどの仕事を抱えているのよ。おまけに子供が生まれたら、そっちだけで手いっぱいになるわ」

「確かに。ホテルに店を開けば、君が以前言っていた理想のパートナーシップが築けると思ったんだが……とにかく、僕は君に幸せでいてほしい。それだけなんだ」

アンジーの胸の中では、きらめくような幸福感が怖いほどふくれあがっていた。彼とこれほどうまくいくとは思わなかった。結婚生活がこんなにすばらしいものになるとは……。

ロレンツォを愛することをもう恐れたくない。きっとうまくいくと信じたい。だが、最後の一歩を踏み出し、全面的に心を預けるのは、思った以上にむずかしかった。

ロレンツォの瞳が熱く陰るのを見て、アンジーの胸は大きく打った。彼が顎で食べかけのクロワッサンを示した。「もういいのかい?」

アンジーはうなずくと、クロワッサンを皿に戻し、彼との甘いキスにひたった。ロレンツォの手が胸のふくらみを包みこむ。欲望は、彼への思いの分だけ、さらに熱く燃えあがっていた。夫が愛してくれない可能性など考えたくない。幸せに自分から背を向けるのは、もうたくさんだった。

11

イタリア旅行から帰ってきたあとの一週間、アンジーの生活は予想どおりの忙しさだった。アシスタントたちの助けを借りながら、たまった注文を少しずつ片づけ、これは事業の成長に伴う喜ぶべき痛みなのだと思おうとした。

それに、仕事に忙殺されることで、妊娠に関する恐れをつのらせずにすむのもありがたかった。帰国後すぐに診てもらった産婦人科医は、母体は健康そのものだと太鼓判を押した。アンジーはそれについて疑いを投げかけるつもりはなかった。少なくとも自分にはそう言い聞かせていた。

夫のほうはなかなかそうもいかないようだった。仕事をするのは許してくれたものの、妻の食事や睡眠が十分にとれているか、常に目を光らせている。とはいえ、それもロレンツォが家にいればの話だ。このところ彼はベルモント社の件に加え、フランコが主導している別の買収交渉の相談役に忙しく、自分は寝る暇もない状態だった。

今はとくに忙しい時期なのだと理解していても、二人の関係が以前のような状態に陥ってしまうのではないかという不安は、日に日に強まっていた。

ある晩、八時過ぎに疲れ切って工房から帰ったアンジーは、居間で本を読みながら、夫の帰りを待った。必ず夕食をともにするという約束は、すでに自然消滅している。夫は夜中に帰っても妻を起こさない。せめて情熱的に体を求めてくれれば、どんな障害も乗り越えられそうな気になるのに、そうした慰めを得ることはできなかった。

時間がたつにつれ、不安がつのってくる。ロレンツォはもう私を求めるだけ求めて、満足してしまったの？　取り引き相手の接待というのは口実で、私を遠ざけようとしているだけかもしれない……。

時計が十時を告げた。アンジーは本を放り出し、自ら進んで解決策を見つけることにした。前回はただ受け身でいるだけだったが、そんな自分を変えたかった。

寝室で、数日前に買ったランジェリーを身につけた。クリーム色と黒のベビードールをまとった自分の姿を鏡で見て、頬が赤くなった。レースでできた身ごろは肌を隠すにはほど遠く、胸の先まで透けて見えている。

まとめていた髪をほどきながら、口元に思わず笑みが浮かんだ。これで飛んできてくれないようなら、もうお手上げだわ。

ロレンツォは近ごろ流行のレストランで、会社のマーケティング責任者であるジェラルドとともに、提携先の日本企業の代表を接待していた。中座してテーブルに戻ると、自分の携帯電話が椅子の上に置かれていた。

ジェラルドがなぜかにやにやしている。

「テーブルに置いたままにして人目に触れると困るんじゃないかと思ってね」彼は携帯電話を顎で示してから身を乗り出し、小声で耳打ちした。「僕だったら速攻で帰るな」

ロレンツォは電話の画面に目をやり、飲んでいたビールにむせそうになった。セクシーきわまりないランジェリーを身につけた妻が、画面いっぱいに映し出されている。

メッセージに目をやった。〈そろそろ帰

る?〉

ロレンツォは顔がかっと熱くなるのを感じた。このところの常軌を逸した忙しさは、ポルトフィーノでぐっと深まった二人の感情を冷ますいい機会だと思っていたが、さすがにこれにはあらがえそうにない。

「見ていないよな?」ジェラルドに尋ねた。

「何をだ?」彼がしらばくれた。「抜け出したいのなら、あとはまかせてくれていいぞ」

ロレンツォは携帯電話をポケットにおさめ、すぐにこの場を離れることを考えた。だが、日本から来た客たちはこの店のショーを楽しみにしている。早々と引きあげるのはあまりにも失礼だ。

ロレンツォはメッセージに返信した。〈そのまま待っていてくれ〉

だが、実際ペントハウスに着いたのは夜半近かった。室内は闇に包まれていた。ロレンツォは小さく罵り言葉を吐き、上着を椅子に放り投げた。

全身が満たされない欲望に脈打っている。ネクタイをゆるめたそのとき、窓際で人影が動くのが見えた。

ニューヨークの夜景を背にした妻の姿を眺めた。色っぽいランジェリーが豊満な体に張りついている。ロレンツォは口の中がからからに乾くのを感じた。

「起きて待っていてくれたんだな」彼の声は

情熱にかすれていた。

「今寝るところだったの」

冷めている。明らかに冷め切った口調だ。

ロレンツォは精いっぱいの愛想を振りまきながら妻に近づいていった。「抜け出そうとしたんだが、今日のお客は日本から来た提携先で、早々に引きあげるのはまずかったんだ」

「いいのよ」アンジーが腕組みをすると、胸のふくらみがさらに盛りあがった。

ロレンツォは触れたくて指がうずいた。手を伸ばすと、彼女はあとずさった。

「それはないんじゃない？」

「どうしようもなかったんだ」

「疲れたからもう寝たいの」

ロレンツォはアンジーの手を取り、引き寄せた。香水の香りが鼻をくすぐり、さらに欲望をかきたてる。「埋め合わせるよ。君が欲しくてたまらないんだ、僕のいとしい人《カーラ・ミア》。後悔はさせない」

アンジーが燃えたつようなブルーの瞳を彼に向けた。「お断りよ」

ロレンツォはまばたきをした。「お断りってどういうことだ？ ランジェリー姿の写真を送ってきたのは君じゃないか」

「あのお誘いは、一時間ほど前に期限切れになったの」

「君は僕の妻だ。無期限に僕のものだ」

アンジーが唇をきつく引き結んだ。「とに

かく、今回はもう無効なの。ひょっとしたら次回は、私があなたを真夜中より前に帰らせるだけの魅力を発揮できるかもしれないわ。あるいは、あなたが口をすっぱくして言っていた夕食をともにするルールも、そのうち復活するかもしれない。私が夫の顔を思い出せるようになれば、またお誘いすることもあるかもしれないわね」

ロレンツォは眉間にしわを寄せた。「いくらなんでもあんまりだよ」

アンジーが首を横に振った。「以前と同じような状況になろうとしているの。これは単なる気のせいなんかじゃないわ」

彼の眉間のしわがさらに深くなった。「前回とはまったく違う。僕たちはちゃんと話をしてコミュニケーションが取れている。君がいきなり写真を送ってきたのに僕が帰らなかったとしても、君を無視したんじゃない。忙しかっただけだ」

アンジーの瞳が嵐雲のようなブルーグレーに変わった。「あなたが酔っ払ってその気になったのに結果的に思いどおりにならなかったとしても、それをいい教訓にして次回に生かしたらいいんじゃない？」

怒った彼女は、なんて魅力的なんだ。ロレンツォは妻が新たに見せたこの強くてセクシーな一面が大いに気に入った。問題は、こちらは完全にその気になっているのに、触れさせてもらえないことだ。

「わかった」なだめるように手を上げた。

「肝に銘じたよ。これで君は目的を果たしたはずだ」アンジーの瞳を熱いまなざしでじっと見つめた。「僕にどうしてほしい？　膝をついて頼めばいいのかい？」アンジーの自信が揺らぐのが見て取れた。近づきながら、彼女の全身に熱を帯びた視線を這《は》わせる。「膝をついて君を喜ばせるよ。口でも、手でも、君の望みどおりに」

アンジーの瞳に一瞬、情熱の炎が燃えあがったかと思うと、すぐにまた氷に取って代わられた。「私はあなたの気まぐれを満たすための所有物じゃないのよ」

「前にも同じようなことを言われたが、同意できないという点では今回も同じだ」ロレンツォの高揚した気分はあっという間にしぼんだ。「そういうことじゃない。今はどうしてもベルモント社との取り引きを成功させなければ。言わば緊急事態なんだ」

「これが終わっても、すぐまた別の取り引きが持ちあがるじゃないの。そうやって虹のふもとに埋まった黄金をいつまでも追いつづけるのよ。永遠に終わることはないわ」

「終わるよ。ベルモント社の件が決着すれば、人心地がつく」

アンジーが首を横に振った。「私は母がこういう過ちを犯すのを見てきたの。夫が関心を寄せてくれるときが来るのを、母はずっと待っていた。父にとっては仕事と浮気相手が優先で、母は三番目だったのに。あなたと私の関係も似たようなものよ。熱くなったり冷めたりを繰り返している。こんなジェットコースターみたいな結婚にはもう疲れたわ」

「僕は君のお父さんとは違う」いらだちが口調ににじみ出た。「復縁してからは君を優先してきたつもりだ」

「ええ。だからこそ言っているの。今回はとてもうまくいっていたから……以前のようになってしまうのがいやなのよ」

ロレンツォは首を横に振った。「気にしすぎだよ」

「そうじゃないわ」

ロレンツォは腕組みをした。疲れ切り、欲望に翻弄されて、どう反応したらいいかわからない。妻にすべてを捧《ささ》げているつもりなのに、彼女はもっと多くを求めてくる。

アンジーが目を伏せた。「もう寝るわ。明日は忙しいの」

ロレンツォはそのあとを追うようなみじめなまねはしたくなかった。水をグラスにつぎ、椅子に座った。寝不足が続いているが、気が高ぶって眠れそうにない。

ベルモント社の件が片づけば、状況は必ず改善されるはずだ。新聞の経済面は買収の成否を占う記事であふれ、リッチ社の株価は乱高下を続けている。問題は、バヴァロ家の当主、エラスモ・バヴァロをどうやってその気にさせるかだ。なんとか接触する機会があればいいのだが……。

ロレンツォは椅子の背にもたれ、目を閉じた。アンジーには我慢してもらうしかない。家庭を顧みることは約束したが、完璧な夫になるとまでは言っていない。もっとも、彼女の指摘にも一理ある。夕食を必ずともにするという約束が守れていないのはまずいかもしれない。

明日は彼女をレストランに連れ出し、とりあえず家庭の平和を保つことにしよう。

12

このぶんだと、帰宅は深夜になりそうだわ。

アンジーは完成間近の作品を作業台に置き、疲れた目をこすった。ブラックとホワイト、二色のダイヤモンドを使ったブレスレットだ。明日までに、マンハッタンで最も名高い慈善家の女性に納品しなければならない。彼女の反応しだいで、工房の評判は大きく左右される。旅行のためにすでに納期を遅らせてもらった上、材料の宝石の到着も遅れて、今夜ぎりぎりに仕上げることになってしまった。

アンジーは腰を上げてミニキッチンに向かった。何か飲めば気分も変わるかもしれない。だが、自分のいらだちの本当の原因はこのところのロレンツォの態度だということはわかっていた。彼はできる限り家で夕食をとるようになったものの、心は以前より遠ざかってしまったように感じられた。

この結婚がうまくいくと思いたくても、そう信じるのが日ごとにむずかしくなっている。何よりつらいのは、夫が自分を愛してくれる日が来るのかどうか、まったくわからないことだった。愛しているという言葉を待ちわびるあまり、切なさに胸が痛むほどだ。仮にその言葉を言ってくれる日が来るとしても、かなり先のことになるのだろうか？

「残って何かお手伝いしましょうか？」セリーナが上着に袖を通しながら尋ねた。

「今夜はデートなんでしょう」アンジーはほほえんでアシスタントを見た。

セリーナが顔をしかめてみせた。「友達が無理やり誰かを紹介してくれるだけです」

「だったら絶対に行かなくちゃ。うまくいくカップルっていうのは、たいてい友達の紹介なんですって」自分たち夫婦の一目惚《ぼ》れから始まった関係がはたしてうまくいくのか、今のアンジーには自信がなかった。「私はジュリエット・ボードレールのブレスレットを仕上げないと。予定していた留め具だと、どうもしっくりこないの」

アンジーはセリーナとその問題についてアイデアを出し合った。しばらくしてセリーナはデートに出かけていった。

アンジーが作業台に戻ったとき、携帯電話が鳴った。画面に夫の名前が表示されている。

「もしもし」色っぽく電話に出た。夫の声を聞けば、乱れた心も落ち着くかもしれない。

「今夜も遅いんじゃなかったの？」

「マルコ・バヴァロから今夜のオペラに誘われた。君も来てくれ」

何の前置きも、甘い言葉もない。ぶっきらぼうに命じる口調には、この一週間ずっと彼が抱えていたいらだちがにじんでいた。

アンジーは唇を噛《か》んだ。「悪いけど無理だわ。明日の朝までに大事なクライアントのブレスレットを仕上げなくちゃならないの」

「たかがブレスレット一つじゃないか。生きるか死ぬかの問題じゃない。明日仕上げればいいだろう」

「明日が納期なの。すでにマルコの件で一度締め切りを延ばしてもらっているのよ」

「二、三時間遅れたところで大差ないじゃないか。妙に意固地になるのはやめて、帰る支度をしてくれ。十五分後に迎えに行く」

通話は切れ、アンジーは信じられずに携帯電話を見つめた。誰が意固地ですって？

携帯電話を置き、二、三回深呼吸をしてから、夫に電話をかけて断ることを考えた。だが、マルコ・バヴァロのせいで夫のストレスが頂点に達しているのは確かだった。毎晩家に帰ってくるときは疲れ切った表情で、目の下の隈《くま》がすでにトレードマークになっている。

アンジーは長いため息をついた。たとえ自分の仕事に支障が出ても、今度ばかりは二人の関係に亀裂を入れるようなまねはしたくない。ジュリエットにメールを送信し、ブレスレットは遅くとも明日の午後までには仕上がると伝えた。だが、時間がたつにつれ悔しさがつのり、夫が工房の前に車をとめたときには、怒りのあまり血が煮えたぎるようだった。

「やあ《チャオ》」助手席に乗りこんだとき、ロレンツォが身を乗り出してキスしようとしたので、アンジーは頬を差し出した。彼がいぶかしげに目を細める。「どうした?」

「自覚がないのなら言ってもしかたないわ」

「君を意固地と言ったからかい?」

アンジーは答えず、窓の外に目を向けた。

車は記録的なスピードで自宅に到着した。アンジーはキャップスリーブのシンプルなブルーのドレスに着替え、ゴールドのアクセサリーで華やかさを添えた。ダークスーツに身を包んだロレンツォは、目を見張るほどハンサムだ。アイスブルーのネクタイがドレスに合わせたものだと気づいても、アンジーはそれをほめる気分ではなかった。

二人はメトロポリタン歌劇場の前でマルコとペニーのカップルと待ち合わせした。白いトラバーチン大理石の正面《ファサード》には五つの壮麗なアーチがあり、夜間ライトアップされた姿はとりわけ美しい。幼いころ、バレエを見に初めて訪れたときから、ずっとアンジーのお気に入りの場所だった。だが、今夜に限ってはいらだちがつのり、肩に置かれた夫の手を振りほどきたい衝動に駆られた。

オペラが始まるまでの間、四人はバーで歓談したが、アンジーはマルコとペニーに注意を向け、夫のことは完全に無視していた。それがかなりあからさまだったようで、ボックス席につくとき、ペニーが冗談混じりに〝このぶんではご主人は犬小屋に追いやられているんでしょうね〟と言った。

アンジーはそれを否定しつつ、〝ハネムーンが終わったらどこの家庭でもこんなものよ〟と冗談で返した。それが聞こえたらしく、ロレンツォの表情が一変して険しくなった。どうやら男のプライドを傷つけてしまったらしい。

ともあれ、仕事を犠牲にしてまで来たのだから、せいぜいオペラを楽しもうと気分を切り替えた。

しかし、アンジーの大好きな演目である《ラ・ボエーム》も、今夜は最悪のめぐり合わせだった。ミミとロドルフォ、激しく愛し合う悲劇の恋人たちは、イタリア人のソプラノとアメリカ人のテナーの二人によって完璧に演じられていたが、情緒不安定になっていたアンジーは感情を抑えることがむずかしかった。第三幕の後半、ミミが自らの病のせいでロドルフォのもとを去る決意をするに及んで、あふれる涙が頬を伝った。

ロレンツォがアンジーの膝に手を置いた。アンジーはそれを無視し、じっと舞台を見据えていた。幕間《まくあい》が近づいたころ、いよいよティッシュが必要になり、バッグの中を探った。だが、どこにも見当たらない。

ロレンツォが胸ポケットのハンカチを彼女に渡した。「失礼したほうがよさそうだ」

「なんなの?」ロレンツォに腕をつかまれ、ボックス席の外へと引っぱられて、アンジーは声をひそめて反発した。

「どこか話せる場所に行こう」

「話なんかしたくないわ」

「あいにくだが、君に選択の余地はない」

シャガールの壁画のあるロビーを横切ったところで、居合わせたスタッフに、ロレンツォが支配人の名前を出して交渉した。気がつくとアンジーは、ゲスト用楽屋と書かれた空き部屋に引っぱりこまれていた。

ロレンツォはドアをロックし、妻に向き直

った。いったいどうしたっていうんだ？　泣きじゃくっているアンジーを見て、彼はいても立ってもいられなくなった。その原因はオペラの悲恋物語だけではなさそうだ。

アンジーが手を振ってソファやドレッサーが置かれた部屋を示した。「こんなところ、勝手に入っちゃいけないのよ」

「許可は取った」ロレンツォは腕組みをした。「なぜ怒っているのか説明してくれないか。君だってこの契約が僕にとってどれほど大切かわかっているだろう？　何が気に入らないんだ？」

アンジーが瞳に怒りの炎を燃やし、腰に手を当てた。「あなただって私にとって仕事がどれほど大切かわかっているはずよ。今制作しているブレスレットはジュリエット・ボードレールの注文なの。彼女が噂《うわさ》を広めることを考えると、とても大事な仕事なのよ。なのに、あなたの頼みを優先して締め切りを二度も延ばしてもらうことになるなんて……」

「彼女の注文だなんて知らなかったんだ」

「そうよね。私にそれを言う暇も与えずに、電話を切ってしまったんだもの」

ロレンツォは毒づき、額に手を当てた。

「すまなかった《ミ・ディスピアーチェ》。君に電話したときは頭が回っていなかったんだ。僕も別の約束をキャンセルしないといけなくて、余裕がなかった」

アンジーは自分の体を抱くようにしてにらん

でいる。妻のその姿を見て、彼は眉根を寄せた。「それにしても今日の君はあまりにも情緒不安定だ。妊娠のせいなのかい？」

アンジーのまなざしは剣のように鋭かった。

「ロレンツォ・リッチ、あなたって人は、ときとしてあまりにも無神経で愕然《がくぜん》とさせられるわ」

いくらなんでも不当な言いがかりだとロレンツォは思った。最近では彼女の感情にもできる限り気を配っているつもりだが……。

考えこんでいる隙にアンジーがドアに向かうのに気づき、彼はすばやく先回りした。ドアに手をつき、怒りに震える美しい妻を見おろす。「話はまだ終わっていない」

「これ以上何を話すことがあるというの？」

「もう一度、君にちゃんとあやまりたい。君の今の仕事がどういうものなのか、耳を貸さなかったことを反省している。もし聞いていたら、僕一人で来ていたよ」

嵐雲のようなブルーの瞳がやわらいだ。

「それに、僕のどこが無神経なのか、ちゃんと聞いておきたいんだ」

「冗談で言っているのよね？」

「まさか。妊娠中の問題は二人でなんでも話し合うことになっていただろう？」

「そういうことじゃないわ。男性に〝それはホルモンのせいだ〟って言われるのが、女には耐えられないの。闘牛の目の前で赤い布を振るようなものよ」

「そうなのかい？　妊娠中のホルモンの変動は周知の事実だと思うんだが……」

「ロレンツォ」妻がにらみつけた。「それ以上墓穴を掘らないうちにやめておいたら？」

「わかったよ」ロレンツォは妻の腰に腕を回し、引き寄せた。「ほかに何か言っておきたいことは？　なぜあんなふうに泣いていたんだい？」

アンジーが目をそらした。「この一、二週間、あなたはずっと心ここにあらずだった。二人でいても、なんだか寂しかったわ」

ロレンツォの胸は申し訳なさでいっぱいになった。感情的な領域に踏みこむのを恐れるあまり、またも彼女との間に距離を作ってしまったようだ。

「すまなかった」彼はかがみこみ、アンジーの喉元に顔をうずめた。「このところ恐ろしく忙しかったんだ。今後は気をつけるよ」

「いいのよ。私……」アンジーが言いかけてため息をついた。「もう行かなくちゃ。マルコとペニーが待っているわ」

「行く前に、もう怒っていないと言ってくれ。君の機嫌を損ねていると思うと、耐えられないんだ」ロレンツォはキスで彼女の首筋をたどった。アンジーが息をのむのがわかった。

「ええ、もう怒っていないわ」

「口だけじゃわからないな」ロレンツォは指

をアンジーの髪に差し入れ、口づけした。それがなんであれ、彼女が抱える苦痛を取り去りたかった。二人の関係を良好にしたいと願うとき、これが彼の知る唯一の方法だった。

アンジーがロレンツォの腕に身をゆだねた。「ええ」唇を触れ合わせたまま、彼女はささやいた。「許してあげる」

すでに欲望は引き返せないところまで高まっていた。ずっとアンジーに触れずにいたことで、彼の中にほかのものでは埋めることのできない穴がぽっかりあいていた。

ロレンツォはアンジーを壁に押しつけ、膝を開かせた。彼女が驚きに声をあげた。「ロレンツォ、だめよ、こんなところで」

「ポルトフィーノでも、外でのスリルに興奮していたじゃないか」

「でも……」

ロレンツォはアンジーの口の中に舌を差し入れた。アンジーが落としたメタルのバッグが床に当たって音をたて、彼女が低いうめき声をもらす。彼はドレスの裾をまくりあげた。

「どうしても君が欲しいんだ」

アンジーが熱く陰った瞳でロレンツォを見つめた。「ええ」

ロレンツォは指先で愛撫《あいぶ》を続けてから、ズボンの前を開けた。ベルベットのような温かさが彼をのみこんだ。

彼は切迫したリズムで動き、アンジーの震

えからクライマックスが近いことを察すると、彼女のウエストをつかんでさらに激しく腰を動かした。二人はまもなく同時にのぼりつめた。魂を揺さぶるほどの解放感は、これまでに経験したことのないものだった。

ロレンツォはアンジーの首筋に唇を当てたまま、がっくりと力の抜けた彼女の体を支えた。どれくらいの間そうして抱き合っていたのかわからない。しばらくしてようやく我に返ると、背筋を伸ばし、壁に手をついて、アンジーの唇にキスをした。今自分が揺さぶられたものの正体がなんだったのか、確かめるかのように。だがそのとき、彼女の頬を涙が伝っているのを目にし、心臓が止まりそうになった。

「アンジェリーナ?」彼女の頬をてのひらで包みこむ。「どうしたんだ?」

彼女は首を横に振った。「なんでもないわ。オペラのせいで感傷的になっているだけ」

「そんなんじゃないだろう」

アンジーは手の甲で涙をぬぐった。

「アンジェリーナ、答えてくれよ」

彼女は腰を折り、床のバッグを拾いあげてから、ロレンツォを見つめた。「あなたを愛しているの、ロレンツォ。ばかみたいでしょう、ルールを忘れてしまうなんて……」

13

ロレンツォは愕然《がくぜん》とした。「アンジー」

幕間《まくあい》休憩の終わりを告げるベルが鳴り、妻は楽屋を出ていった。

最後の一幕の間、ロレンツォの頭は誰かに釘《くぎ》を打ちこまれているかのようにがんがん鳴っていた。ようやく幕が下りると、マルコとペニーに挨拶し、家路についた。帰りの車内では二人ともずっと無言だった。

二人が着いたとき、ペントハウスは闇に包まれていた。ロレンツォは上着を脱いで椅子に放り投げると、まっすぐバーカウンターの前に行ってウイスキーをなみなみとついだ。

アンジーは靴を脱ぎ捨て、寝室へ向かおうとしている。ロレンツォはソファを指さして言った。「座ってくれ」

彼女がつんと顎を上げた。「そんなことをしても無意味でしょう？ 私の聞きたい言葉をあなたが言ってくれないのはわかっている。もし言えるなら、さっきあの楽屋で言ってくれていたはずだもの」

図星だった。アンジーが聞きたい言葉を言ってやれたらどんなにいいかとは思う。それによって彼女の瞳に表れた痛みの色が消えるのなら……。だが、妻とはお互い正直であろうとしないだけ？」

ロレンツォは肩をすくめた。「これが僕という人間だからね」

アンジーの瞳の輝きが怒りの炎に変わった。

ロレンツォはウイスキーのグラスを置き、髪をかきあげた。「誰かを愛して、その誰かを失ってしまうと、人はあまりにも多くを……知らなくてもいいことを知ってしまう。そして、ごく当たり前に考えていたことを、疑うようになる。自然の摂理とでも言うべきものを。僕はもう信じることができない。誰かを手放しで愛することができなくなってしまっているんだ。だからといって、君を大切に思っていないわけじゃない」

アンジーは潤んだように輝く瞳で静かに尋ねた。「できないのかしら。それとも、しようとしていないだけ？」

「そんなの逃げ口上よ。僕はこういう人間だなんて。愛せないって言うほうが、自分の弱さをさらけ出すよりも簡単ですもの。だから自分はもう人を愛せないんだって、思いこもうとしているだけなのよ」

ロレンツォはかぶりを振った。「君に嘘《うそ》はつかない。そう約束したからね。だが、アンジェリーナ、僕たちの間にあるのは、愛よりももっと尊いものだ。理性と友愛に基づいたパートナーシップを、君だってずっと望んでいたじゃないか。これは本物だ。これこそが長続きする結婚の基本なんだ」

アンジーは自分の体に腕を回し、窓の外に目を向けた。ロレンツォは彼女に歩み寄り、外肩をつかんで自分のほうを向かせた。

「僕たちの結びつきは特別なものだ。刺激的な情熱だって、どこにでもあるものじゃない。子供にとってもいい親になれる。それ以上何を望むというんだ？」

「生涯の愛よ」アンジーは静かにつぶやいた。「あなたは経験したんでしょう？　私だってそれを求めてもいいはずよ」

ロレンツォは胸を突かれたように息苦しくなった。震える息を吸いながら、返す言葉を考えた。だが、思いつかない。アンジーの言うこともっともだ。彼女だって一点の曇りもない愛というものを得る資格はある。僕が彼女に与えてやれないものを……。それ以外のすべてを与えれば幸せにできると思っていたが、どうやら間違いだったらしい。

アンジーの美しい顔には悲しみが刻まれていた。「もう寝るわね。明日はジュリエットのブレスレットを納品しなくちゃならないから」

彼女の後ろ姿を見送りながら、ロレンツォは胸にぽっかり穴があいたように感じていた。

翌日、アンジーは寝不足でかすんだ目で工

房に出かけ、ぼんやりと昨晩のロレンツォとのやりとりを思い出していた。あんなふうに彼を追いつめるつもりはなかった。彼が愛を口にしてくれるようになるまで待つつもりだった。でも、ゆうべ歌劇場で体を交わしたとき、二人が過去にもそうして夫婦の問題を解決していたことを思い出した。そして、前回と同じように二人の心が離れていくのがたまらなく怖くなったのだ。

胸がずきずきとうずいた。なぜ私は同じ過ちを繰り返してしまうのだろう？　夫は私を愛してくれているけれどそれを認めたくないだけなのだと、必死に信じようとしている。

仮に彼が愛してくれているとしても、決して認めることはないだろう。そして私のほうは、愛よりもパートナーシップのほうが尊いのだという夫の言葉を信じたとしても、いつか彼を恨むようになる。これほどまでに愛を求めているのに、与えてくれないのだから。

私には愛される資格がある。今ではそう信じられるようになった。何よりつらいのは、夫にも愛することができると知ってしまったことだ。ロレンツォはかつてルチアを愛していた。その愛を、私に向けようとしてくれないだけ……。

私はロレンツォの人生を照らす光になりたかった。彼が私の人生を照らしてくれているように。彼が私のすべてであるように……。

アンジーはなんとか気を取り直し、作業にかかろうとした。このせいで仕事もおろそかにしてしまっては、悩みが増すばかりだ。

パソコンの受信トレイに、ジュリエット・ボードレールからの返信があった。短くそっけない文面だった。〈ご心配は無用です。昼食会のジュエリーには別のものを入手しました。それにより、今回注文したブレスレットは不要になりました〉

アンジーは愕然とした。ジュリエットは顔が広く、おまけにおしゃべりが大好きだ。この一件で私の評判に傷がつくのは間違いない。

椅子の背にもたれ、目を閉じた。

「どうかしたんですか？　大丈夫？」出勤してきたセリーナが声をかけた。

大丈夫じゃないわ。涙があふれそうだった。もうどうしていいかわからない。わかっているのは、ロレンツォに心をずたずたにされるのはもうたくさんだということだけだった。

「いいニュースと悪いニュースがあります。どちらが聞きたいですか？」

ロレンツォは不機嫌な顔で顧問弁護士を見やった。「先に悪いほうから聞かせてくれ」

「ベルモント社の代理人から連絡があって、明日マイアミで最後の協議をしたいと言ってきました」

手にしていたおもちゃのサッカーボールを

思わず握りしめた。マルコのやつ、いよいよこっちの息の根を止めようというのか。

「いいニュースは？」

「会合はエラスモ・バヴァロの家で行いたいそうです」

ロレンツォが先方に承諾する旨を伝えてくれと言うと、クリストファーは社長室を出ていった。

明日マイアミへ飛ぶのは、今の家庭の状況を考えれば好ましくない。だが、ついにエラスモ・バヴァロと話し合えるのなら、この買収を成功に導く最後のチャンスだ。

ロレンツォは出張に必要なものをブリーフケースに詰め、帰宅した。家に着いたとき、妻はキッチンでホットミルクを飲んでいた。

「仕事はどうだった？」とりあえず機嫌をうかがおうと尋ねた。「ジュリエットのブレスレットは完成したのかい？」

アンジーは無表情で彼の顔をちらりと見た。

「注文はキャンセル。ほかで調達したそうよ」

これから話し合おうというときに、雲行きがよくない。「すまなかった」ロレンツォは静かに言った。「僕のせいだ。ともあれ、話の続きをしよう。二人で解決しないと」

アンジーが首を横に振った。「あなたが解決して。私の気持ちはもう決まっているから」

「どういうことだ？」

「私は愛がなくては生きられないの。あなたがそれを与えてくれない限り、結婚生活を続けることはできないわ」アンジーが唇を噛《か》んだ。「あなたのおかげで気づいたのよ。私は傷つくのが怖くて、自分の恐れるものから逃げていた。でも、もう逃げない。私にだって幸せになる資格はあるもの。あなたのすべてを求める権利があるはずよ。もし与えてくれないのなら、また一人になるわ。あなたのおかげで、自分の強さにも気づかせてもらったから」

ロレンツォは胸が締めつけられた。「僕がたかが三語を口にしないからって、君はすべてを投げ出すのか?」

アンジーが暗いまなざしで彼を見た。「言葉だけの問題じゃないってことはあなただってわかっているはずよ。あなたがこの数週間苦しんでいるのは、私も知っている。でも、あなたの一部しか与えてもらえないのは、苦しくてたまらないの。そんなことを続けたら、いつかお互いを憎むようになるわ」

「そんなことはわからないだろう」ロレンツォは拳を固めた。「これは君一人の問題じゃない。君のおなかには子供がいるんだぞ」

「この子をあなたの跡取りにすることに異存はないわ。それについては二人で話し合いましょう。でも、私はあなたのものにはならない。そもそも、こんな取り引きに応じたのが間違いだったのよ」

「またしても僕のもとを去ろうなんて絶対に許さない」ロレンツォは冷ややかに言い渡した。「結婚をやり直す条件がなんだったか、君だって覚えているはずだ」

「あなたにはできないわ。あなたは冷徹な仮面をかぶっているけど、その奥にいるのは私が出会って恋に落ちたのと同じ男性よ。その人は私の家族を苦しめたり、私を傷つけたりはしないはずだわ」

ロレンツォは髪をかきあげた。「僕は明日マイアミに行かなければならない。エラスモ・バヴァロがようやく会ってくれそうなんだ。帰ってからまたゆっくり話そう」

「私はもうここにいないでしょうね」アンジーの瞳に表れた悲しみの色を見て、ロレンツォの胸は張り裂けそうだった。「自分がどういう人間か、やっとわかったの。こんな結婚生活はもう続けられない……」

背を向けて寝室へ行こうとする妻を、彼は呼び止めた。それでも彼女は遠ざかっていく。

今ここで感情の波にのまれるわけにはいかなかった。人生最大の取り引きがうまくいくかどうかの瀬戸際なのだ。そもそも、妻がどれほど求めようと、自分にはそれを与えることなどできないのだから。

14

　エラスモ・バヴァロはマルコの抜け目なさとディエゴの活発さを併せ持っていた。狡猾《こうかつ》そうな白髪の男性を前にしたロレンツォは、自分の父によく似ていると思った。二人の大立者が全盛期に対決していたら、さぞかし見ものだっただろう。ともあれ、よく晴れたマイアミの午後、バヴァロ家当主の宮殿のような邸宅のプールサイドで、ロレンツォの頭に浮かぶのは、いかにしてエラスモを二十一世紀に連れてくるかということだけだった。

　当のエラスモは弁護士を脇に従え、余裕の構えで白いものが交じった顎髭《あごひげ》を撫《な》でている。

「君にいい話をしてやろう」彼はスペイン語のアクセントが強い英語で言った。「これを聞けば、私の考えを理解できるかもしれない。我が社は一九五〇年に〈ベルモント・サウスビーチ〉をオープンした。その晩、バーには世界一有名なブルースシンガー、ナタリー・コンスタンティンが出演していた。演奏時間も終わりに近づいたころ、アルトゥーロ・マルティネスがふらりとステージに上がって、最後の二曲を彼女とデュエットしたんだ」

　アルトゥーロ・マルティネスといえば、当

時スペイン語圏にその名をはせた大スターだ。「二人の伝説のシンガーがベルモント・ホテルで共演した。これもベルモント社の伝説の一つだ。どんなに金を積もうと、あの晩のあのピアノバーに居合わせることはできない」

「古きよき時代ですね」ロレンツォも同意した。「僕もその晩、そこにいられたらよかったと思います。ただ、もうあの時代は戻ってこない。どんなすばらしいものにも、いつかは終わりが来る」

「意味よりも金を重んじる男にはわからんだろうな。一ついいことを教えてやろうか、リッチ？　私の年になったら、金なんてものは人生になんの意味も与えてくれない。金がどんなにあろうと、魂を豊かにすることはできない。大事なのは意味なんだ。後世に残すべき価値観なんだよ」

「お年のせいで感傷的になられたのでは？」

エラスモがうなずいた。「おそらく。だが、私は何かを築いた男として記憶されたいんだ。他人が築いたものを壊した男ではなく」

エラスモの反撃がちくりとロレンツォの胸を刺した。彼が地下のワインセラーから持ってこさせた年代物のラムをぐいと飲む。酒が食道を焼きながらゆっくり下りていっても、痛みが消えることはなかった。

アンジーも僕が成功のために魂を売り渡したと思っている。罪の意識から逃れるために仕事に埋没しているのだと。そして今、弁護士たちが契約の詳細について滔々《とうとう》と述べているかたわらで、なぜこの取り引きがそれほどまでに大事だったのか、思い出せなくなっている。いちばん大切なものは、ニューヨークにあるのだ。ニューヨークにいて、僕の電話に出ることを拒んでいる。

もちろんアンジーを責めることはできない。カーマイケル社への投資の件を持ち出して脅したのだから。そんなことで彼女を思いとどまらせることができると本気で思ったのか？

ロレンツォは額を指でもんだ。アンジーには、もう二度と人を愛することはできないと言った。本当にそう思っていた。だが、再び去っていく彼女を見たとき、いや、胸の内を率直に吐露する彼女の姿を見たとき、僕の中で何かが変わった。何度も傷つき、心に深い傷手を負った妻があれほど勇敢になれるのに、僕はいったいどこまで臆病なんだ？

痛みがさらに胸の奥をえぐった。またしても彼女を行かせてしまった。彼女に深い感情など抱いていないかのようにふるまいつづけて。それは僕の弱さのせいにほかならない。

責めさいなむ声がして、胸が苦しくなった。

〝ルチアが死んだことでおまえ自身を責めつづけたほうが、また傷つくリスクに身をさらすより楽だからじゃないのか？〟

ロレンツォは腿をぎゅっとつかみ、身構え

た。そして、罪悪感が鉤爪《かぎづめ》のように胸を引き裂くのを待った。ルチアを死なせた晩のことを思い出すたびに、強烈な罪の意識が襲ってくる。しかし、なぜか今回は感じられなかった。今はそれよりも恐れのほうがずっと大きい。妻を失うことへの恐れのほうが……。

ロレンツォは目を閉じた。真相を知ったら、アンジーはどう思うだろう？　ルチアのそばにいてやれなかったことが、その言葉に耳を貸してやらなかったことが、彼女の死を招いたという事実を。それは、アンジーをないがしろにしたのとまさに同じ過ちだった。ルチアの死の責任は僕自身にあるのだ。

ラムの残りをいっきに飲み干し、グラスを置いた。いずれにせよ明らかなのは、僕は果たすべき約束を果たしていないということだ。アンジーに心を開けと言いながら、僕自身はそれができていなかった。せめて彼女に真実を伝えなければ。

弁護士たちの説明は続き、太陽は容赦なく照りつけている。ロレンツォは意を決し、テーブルに手をついて身を乗り出した。「両方のブランド名を併記する形で行きましょう」

突然の路線変更に、クリスファーが息をのんだ。ロレンツォはかまわず席を立った。「二十四時間以内に返事をください。返事がなければ、この取り引きはなかったことに」

マルコも目を丸くした。「帰るのか？」

「君のお父上から大事なことを学んだ。ようやく自分の優先順位に気づいたよ」

「そんなに落ちこんでいるくらいなら、いっそ電話に出たら?」

アンジーはパスタのボウルから顔を上げ、妹を見た。「少し距離を置いて考える必要があるの。それに、むしょうに腹が立つし」

でも、今はそんな話はしたくない。せっかく気晴らしをするために妹とお気に入りのレストランに来たのだから。

「ロレンツォが今日の午後、ジェームズに電話をくれたのよ」アビーが静かに言った。

「ジェームズに? どうしてまた?」

「お父さんはジェームズに社長の座をゆずることにしたの。ロレンツォもカーマイケル社に来て助けてくれるみたい」

そんな話は初耳だと驚くアンジーに、アビーが説明した。二、三週間前、ロレンツォが父の退任を要求し、さもなくば経済的援助を打ち切ると迫ったのだという。

「ロレンツォらしいわ。あっちこっちでいばり散らして」アンジーはぶつぶつ言ってから、ふと眉根を寄せた。「それにしても、自分の仕事で手いっぱいのはずなのに、どうやってそんな時間を作るつもりかしら」

「さあ……」アビーはつぶやきながら、アンジーの背後に注意を向けている。「直接きいてみたら？」

アンジーがはっとして振り返ると、スーツ姿のロレンツォがレストランの入口で案内係の女性と話しているのが目に入った。

アンジーは妹に視線を戻した。「どうして彼は私がここにいることを知っているの？

さてはあなたが話したのね」

アビーはワイングラスを手に、ゆったりと椅子の背にもたれた。「姉さんだって彼のことを愛しているって言っていたじゃないの。

まあ、そんなの前からわかっていたことだけど。とにかく、二人でよく話し合って」

「この裏切り者」アンジーはうなったが、夫はすでにテーブルのそばまで来ていた。彼を抱きしめたくて全身が震えだす。離れていた時間があまりにも長く感じられた。それでも唇を引き結び、夫を見あげた。「何をしに来たの？」

ロレンツォが黒い瞳でまっすぐに見つめた。「妻を連れ戻しに来た」

胸がきゅんとなった。「命令しようったってそうはいかないわ。もうたくさんよ」

「命令じゃない。頼んでいるんだ。家に帰って、ちゃんと話し合おう」

「ロレンツォ……」

「頼む」

夫のかすれた声を聞き、アンジーの胸は耐えがたいほどに締めつけられた。「あまりいい考えじゃないと思うけど……」

「僕が君を愛していないからかい？」ロレンツォが彼女の目をじっと見据えた。「なぜこういうことになったと思っているんだ、アンジェリーナ？　君を必死に追いかけたり、君を忘れられずに苦しんだり、最低のろくでなしになりさがったり。すべては君を愛しているからだ。行動が伴っていないと言われれば、返す言葉もないが」

「ロレンツォの言うとおりよ」アビーが冷ややかに言った。「私としては見物を楽しみたいところだけど、今夜はこの店に少なくとも二人のタブロイド記者が来ているわ。家に帰って聞いてあげたほうがいいんじゃない？」

妹の助言もアンジーの耳にはほとんど届いていなかった。夫がたった今放った言葉のせいで、あっけに取られていた。まさか彼の口から愛の告白が聞けるとは思わなかった。しかも満員のレストランで。

アビーが追い払うように手を振った。「私はファッジケーキを食べていくから、さっさと帰って」

ロレンツォがアンジーの手をつかんで立たせた。今や二人のほうを注目している客たちの間を早足で歩いていく。アンジーは彼に追いつこうと小走りになった。

家へ向かう車の中でアンジーは尋ねた。

「マイアミの件はどうなったの？　契約でき

た?」

「いや、エラスモ・バヴァロに、ホテルに二つの名前を併記することを提案した。承諾する気があれば二十四時間以内に返事しろと」

アンジーは眉根を寄せた。「そういうのは絶対に受け入れられないって言ったのに」

「物事は変わるんだよ」

アンジーは彼の顔をのぞきこんだ。「そうだわ、ジェームズに力を貸してくれているんですって?」

「義弟《おとうと》が舵《かじ》取りをすれば、カーマイケル社はかつての栄光を取り戻せる。それに」彼はアンジーのほうをちらりと見た。「僕も何かを築きあげるってことをやってみたくてね」

「ベルモント社の件がまとまったら、そんな時間はないでしょう?」

「先週、副社長を雇い入れた。彼に一任するよ。それも計画の一部なんだ」

「計画?」

「ああ、君とずっと夫婦でいるための」穏やかな口調にロレンツォの決意が表れていた。

「いつもそう願っていたんだ。ただ、そのやり方を間違えてしまっただけで」

アンジーは夢心地になった。こんなことを言われては、怒りつづけるのはむずかしい。

珍しく道がすいていて、数分で家に着いた。ペントハウスに入ると、ロレンツォは居間の明かりをつけ、二人分のスパークリングウォーターをついだ。そして、椅子に向かい合って座ったところで静かに言った。「ルチアについて話したい。これまで言わなかったこともすべて」

アンジーの鼓動が乱れた。「ロレンツォ」

「どうしても話しておきたいんだ」

アンジーは観念して居ずまいを正し、ロレンツォの言葉に耳を傾けた。

「ルチアが亡くなったときの上海出張は、往復含めて三日という過酷なスケジュールだった。ルチアも同行したがったが、来ても相手をしてやれないと断った。彼女はイタリアの田舎の出で、ニューヨークに一人でいるのが不安だったんだ。だが僕は、時差のある長旅に連れ出すよりは家にいたほうがいいと思った」彼は唇を引き結んだ。「彼女に強くなってほしいと願ったのもある。一人でも大丈夫だと気づかせたかった」

なんてこと……。アンジーは思わず手で口をおおった。彼はどれほど大きな罪の意識にさいなまれたことだろう。

「強盗が入り、書斎に一人残されたとき、ルチアは警察に通報せずに僕に電話してきた。通話が留守番サービスに残されていた。メッセージを聞いて頭の中が真っ白になったよ」

アンジーは悲しみで胸が詰まった。「ロレンツォ……」涙がこみあげてきた。立ちあがり、ロレンツォのもとへ行って、膝の上に腰を下ろす。「あなたのせいじゃないわ」そう言って彼の頬に唇を押し当てた。「お願いだから自分を責めたりしないで」

「彼女の不安に耳を傾けて、一緒に連れていくべきだった」

アンジーはかぶりを振った。「彼女に強くなってほしかったんでしょう? あなたなりのやり方で彼女を守ろうとしたのよ。私にはわかるわ。あなたは私にもそうしてくれたから。叱咤《しった》激励して、不安と向き合えるようにしてくれた。それがあなたの愛し方なのよ」

ロレンツォが目を伏せた。「君に同情してほしくて言っているんじゃない。理解してほしいんだ。ルチアにまだ思いを残しているからじゃないことを。僕は罪の意識に押しつぶされそうになっていた。もう二度とあんな痛みは味わいたくなかった」

熱い涙がアンジーの頬を伝った。夫を駆りたてていたものがなんだったのか、ようやくわかった。あまりにも不条理な運命に最愛の人を奪われ、なんとか理由を見いだすために、自分自身を責めるしかなかったのだ。自分の力で防げるはずの悲劇だったと。

アンジーは夫の頬を両手で包んだ。「もうあなたを許してあげて。あなたの力の及ばないことだったんだって。さもないと、あなたは……私たちは、ずっと心の一部を欠いたままで生きなければならなくなってしまう」

ロレンツォがうなずいた。「わかっている。今週、君が出ていったとき、ようやく目が覚めた。自分の過ちを認めることが自分を許すことにつながると気づいたんだ。人間だから間違えることもあるとね。これでようやく解放されそうだ」

アンジーは彼の心の平穏を切に願った。

「そして、君のことを考えた」ロレンツォが静かに続けた。「君が最初に僕のもとから去ったとき、僕はようやく信じること、もう一度誰かを愛することを学びはじめたところだった。君を愛していたのに、それを自分に許すことができなかった。君の心が気まぐれに思えたんだ。実際に君が出ていって、自分の直感が正しかったんだと納得していた」

「あなたのそばを離れるべきじゃなかった。二人で乗り越えるべきだったわ」

「いや、あれでよかったんだよ。君も成長すべき点があったし、僕も君という女性の真価を認める必要があった。二人ともタイミングが悪かったんだ」

ロレンツォの言うとおりかもしれない。二人にとってまだ時は満ちていなかった。今がその時なのだ。

「すまなかった」ロレンツォがアンジーの額に唇をつけた。「二度も君を行かせるなんて、僕が悪かった。君がいなければ、僕はただの抜け殻だ。君は出ていくとき、いつも僕の心を一緒に奪っていってしまうから」

　アンジーはいとしさで胸がいっぱいになった。「痛みを感じたときは、ちゃんと話してくれるって約束して。前にあなたが言ったように、お互いに心を開いて話し合うって」

「ああ」そう言うと、ロレンツォはキスをした。「もう君を遠ざけたりしない」

　キスはいつまでも続いた。そのキスには体の芯からわきあがる情熱と真実が感じられた。それがアンジーの心を満たし、胸の中に残った最後の氷のひとかけらを溶かした。

　ロレンツォが彼女を抱いて立ちあがった。

「どれくらい反省しているか、寝室で証明するよ」


　二人は夫婦のベッドでゆっくりと愛を交わした。ロレンツォはアンジーをじっと見つめ、どれほど愛しているかささやきつづけた。やがて二人の喜びは頂点へと近づいた。

「もう一度言って」クライマックスを迎える直前、アンジーはあえぎながら言った。

「何をだい？」

「愛しているって」

　ロレンツォの口元に笑みが浮かぶ。「愛し《ティ・》ている《アーモ》よ、僕の天使《アンジェロ・ミオ》」

「私も愛しているわ、ロレンツォ」

　アンジーにとって、ロレンツォは初恋の人であり、ただ一人の永遠の恋人だった。

エピローグ

バハマ、ナッソー

カーマイケル家の別荘

「パパ！」

娘たちの嬌声《きょうせい》が聞こえたとき、アンジーは夫がイタリアの出張から戻って、パーティに間に合ったことを知った。

パーティの前にシャワーを浴びようと、ローブ姿でバスルームにいた彼女は、寝室のドア口に立った。Tシャツとジーンズ姿の夫はすでに旅行鞄《かばん》を放り出している。養育係《ナニー》が一歩下がって見守る中、夫の両腕には笑い声をあげる娘たちがぶらさがっていた。

アベリー・ルチアとリリアナ・イネス、四歳の一卵性双生児の娘たちは、いつものいたずらで父親をだまそうとしている。

「リリ」アベリーが自分の胸を指さして言う。

ロレンツォは娘にキスしてから、もう一人の娘にもキスをした。「アベリーにもね」

娘たちはころげ回らんばかりに大笑いした。

「あたしがアベリーよ！」長女のアベリーが鼻の頭にしわを寄せて父親を叱った。

「そうだったのか」ロレンツォは大まじめな

顔でだまされたふりをしてみせた。「パパはわからなかったよ」

アンジーの胸は喜びでいっぱいになった。娘たちが生まれると同時に、夫は変わった。心の陰りが消え、日々を楽しむようになった。今でも悲しみに襲われる瞬間があることは承知している。悲しみが完全に消え去ることはないだろう。でも、その頻度は格段に少なくなっているようだ。

「お祭り《フエスタ》?」リリアナがつぶらなブルーの瞳で父親を見あげ、イタリア語で尋ねた。

「今夜のパーティは大人だけなんだ。お土産があるから、ベッドで遊んだらどうだい?」

娘たちはそれぞれのプレゼントの包みを小さな手で開き、自分たちにそっくりな黒髪の人形が現れると、歓声をあげた。喧嘩《けんか》にならないように、二つともまったく同じ人形だ。

アンジーはアベリーのうれしそうな反応を眺めていた。ルチアにちなんだ名前をつけようと言いだしたのはアンジーだった。夫の中のルチアの思い出を尊重したかったのだ。ロレンツォは感謝してその提案を受け入れた。

めざといアベリーがテーブルの上にもう一つプレゼントの包みがあることに気づいた。

「ママの?」

「そうだよ」ロレンツォがプレゼントを手にアンジーのところまで来た。黒い瞳に表れた情熱の色は、彼女だけに向けられるものだ。

二人が熱いキスを交わすと、娘たちはきゃっきゃと笑った。

ロレンツォは双子に言った。「お風呂に入っておいで。寝る前におやすみのキスをしに行くよ」そして、アンジーにプレゼントを渡した。「君はこれを着て階下《した》へ下りてきてくれ。僕はお客が来る前に義弟《おとうと》と話がある」

彼の命令癖は相変わらずだが、久しぶりに会えたことがうれしくて、アンジーは目をつぶることにした。

シャワーを浴び、メイクをして、夫への贈り物のセクシーなランジェリーを身につけたあと、プレゼントの箱を開けた。薄紙の中からイタリアのデザイナーの手になるビーズ刺繍《しゅう》のドレスが現れた。アンジーは胸をときめかせながら膝丈のドレスをまとった。薄いシルクが体の曲線を際立たせ、深いネックラインから胸の谷間がほんの少しのぞく。

髪は夫に出会った晩と同じように下ろしたままにした。娘たちの部屋に立ち寄り、おやすみのキスをしたあと、一階へ下りていった。

すでに明かりのともった別荘は、何百という客の話し声でにぎわっている。

恒例の冬のワインパーティには、世界じゅうから知人たちが集まってくる。今では家族ぐるみの友人となったバヴァロ家の人々も姿を見せていた。

以前は苦手だったパーティも、今夜は幸せ

の光に輝いて見える。母もすっかり落ち着いて、穏やかな表情だ。すでに四年以上断酒が続いているので、今度こそ依存症を乗り越えてくれると、アンジーは確信していた。

夫の姿を見つけるのに、さして時間はかからなかった。ロレンツォはバンドのステージ脇にしつらえられたバーにいた。

超然として、明らかに近寄りがたい雰囲気を漂わせている。黒いタキシード姿で髪を後ろに撫《な》でつけた姿は、ふだんにもまして魅力的だ。アンジーの鼓動が速まり、息が浅くなった。結婚して何年もたつのに、今もこんなふうに反応してしまうなんて……。

夫の黒い瞳に見つめられながら、最後の数歩を進み、バーカウンターに手をついて彼を見あげた。「パーティなのに、どうしてそんなに大まじめなの?」

ロレンツォの口元がゆるんだ。「僕がまじめな男だからじゃないかな」

「一晩じゅうそうして不機嫌な顔をしているつもり? それとも、私と踊ってくれる?」

出会った晩と同じように、アンジーは精いっぱいセクシーな声でささやいた。

彼の瞳がとたんに情熱的な輝きを放った。「そのお誘いは断るわけにいかないな、ミセス・リッチ」

二人はシャンパンのグラスを手に、ダンスフロアに出た。美しいバハマの宵。南国の花の香りが漂っている。ほどなくして、二人は大きな椰子《やし》の木が茂る庭の奥へ行った。ロレンツォが二人のグラスを石塀の上に置いた。

「何かよからぬことを企《たくら》んでいるようね」

「そのとおり《チェルト》」ロレンツォの熱いまなざしは甘い予感を漂わせている。「だがその前に、君に贈り物があるんだ」彼はポケットから指輪を取り出した。

カナリアイエローのダイヤモンドが並んだエタニティリングだ。アンジーは美しい指輪から夫の顔に視線を戻した。

「僕に人生を取り戻させてくれた君に。愛らしい娘たちを与えてくれて、日々、愛とは何かを思い出させてくれる君に」

うれしさのあまり、アンジーは言葉に詰まった。その唇を彼が指先でふさいだ。

「君がどう感じているかはわかっているよ。今日は僕がどう感じているかを伝えておきたかった」ロレンツォは彼女の手を取り、自分の胸に押し当てた。「君はいつもここにいるんだ、僕の愛する人《ミ・アモーレ》。ずっと変わらずに」

胸がいっぱいになり、もう言葉を発することはできそうにない。アンジーは爪先立ち、夫に口づけした。情熱と、尊敬と、永遠の愛をこめて。

そして二人は踊った。パーティのにぎわいは遠のき、満天の星だけが二人を見ていた。

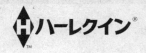

大富豪の冷たい寝室

2017年12月20日発行

著　　者	ジェニファー・ヘイワード
訳　　者	片山真紀（かたやま　まき）
発 行 人	フランク・フォーリー
発 行 所	株式会社ハーパーコリンズ・ジャパン 東京都千代田区外神田 3-16-8 電話 03-5295-8091（営業） 0570-008091（読者サービス係）
印刷・製本	大日本印刷株式会社 東京都新宿区市谷加賀町 1-1-1
編 集 協 力	株式会社風日舎

ISBN978-4-596-13296-3 C0297

12月23日発売　ハーレクイン・シリーズ 1月5日刊

ハーレクイン・ロマンス　愛の激しさを知る

儚い愛人契約	キャロル・マリネッリ／漆原　麗 訳	R-329
嘘と秘密と一夜の奇跡	アン・メイザー／深山　咲 訳	R-329
仕組まれた愛の日々	ミシェル・スマート／東　みなみ 訳	R-329
摩天楼のスペイン公爵	ジェニー・ルーカス／藤村華奈美 訳	R-330

ハーレクイン・イマージュ　ピュアな思いに満たされる

氷の富豪と愛のナニー	スーザン・メイアー／木村浩美 訳	I-249
十八歳の憧憬	ジョージー・メトカーフ／瀬野莉子 訳	I-249

ハーレクイン・ディザイア　この情熱は止められない!

消えた記憶と愛の証	サラ・M・アンダーソン／長田乃莉子 訳	D-1785
人魚姫の偽りの結婚	キャサリン・マン／藤峰みちか 訳	D-1786

ハーレクイン・セレクト　もっと読みたい"ハーレクイン"

孤独な妻	ヘレン・ブルックス／井上絵里 訳	K-517
非情な結婚	エマ・ダーシー／平江まゆみ 訳	K-518
幼い魔女	ヴァイオレット・ウィンズピア／霜月　桂 訳	K-519

ハーレクイン・ヒストリカル・スペシャル　華やかなりし時代へ誘う

富豪貴族と麗しの花嫁	アン・ヘリス／高橋美友紀 訳	PHS-174
意外な求婚者	ジュリア・ジャスティス／木内重子 訳	PHS-175

※予告なく発売日・刊行タイトルが変更になる場合がございます。ご了承ください。

ハーレクイン・シリーズ
おすすめ作品のご案内

1月5日刊

『摩天楼のスペイン公爵』
ジェニー・ルーカス

富豪アンヘルに勇気を出して妊娠を告げたのに、冷酷に追い返されたベル。身も心もぼろぼろになった彼女は故郷へ帰るが、そこには激怒した彼が待っていて……。

◉R-3300
ロマンス

『消えた記憶と愛の証』
サラ・M・アンダーソン

事故の後遺症で、結婚後の記憶をところどころ失い、娘を産んだことも忘れたスカイ。見舞いに来た億万長者の夫の愛のこもらぬ口づけを受け、不安に怯えだす。

◉D-1785
ディザイア

『人魚姫の偽りの結婚』
キャサリン・マン

大富豪のボスから、突然のプロポーズ。モーリーンは驚きためらうが、まだ赤ん坊の愛娘のためと説得され、幸せな婚約者のふりを始める——募る恋心を隠して。

◉D-1786
ディザイア

『言えない秘密』〈ロマンス・タイムマシン1999〉(初版：I-1261)
スーザン・ネーピア

人工授精での出産を条件に余命短い老富豪と結婚したジェニファー。夫の死後現れた、彼のセクシーな息子で精子提供者のレイフに子供を奪われることを恐れる。

◉PB-220
プレゼンツ・作家シリーズ別冊

『富豪貴族と麗しの花嫁』
アン・ヘリス

令嬢のつき添い役ジェインは富豪貴族ポールと出会って愛に目覚める。だが彼に求婚された一方で、なぜか婚約のことは口外しないよう約束させられ不安に……。

◉PHS-174
ヒストリカル・スペシャル

※予告なく発売日・刊行タイトル・表紙デザインが変更になる場合がございます。ご了承ください。